Niilo Aikio

Jávrri-Juhán Niillas

NIGÁ

Niilo Aikio
Jávrri-Juhán Niillas

NIGÁ

Abenteuer eines kleinen Sámi-Jungen

Erzählband 1

Aus dem Finnischen von Hannele Kara

HEINER LABONDE VERLAG

Die Übersetzung aus dem Finnischen
wurde gefördert durch die
Stiftung Jussi Eiramo

Originalausgabe:
NIGA – Novellikoelma, Utsjoki 2015
© Niilo Aikio ja NEMA

© Heiner Labonde Verlag, Grevenbroich 2022
Alle Rechte vorbehalten
ISBN 978-3-937507-92-7
Gestaltung: Antje Zerressen
Bilder: Marketta Nilsen
Vignetten: Jessika Kuehn-Velten
Printed in Germany

Inhalt

Glossar der samischen Ortsnamen

Lokale samische Namen und Bezeichnungen	Finnische Entsprechungen
Buolbmátjávri	Pulmankijärvi
Searbačohkka	Searbacoga
Ohcejohka	Utsjoki
Njoammelvárri	Jänisvaara
Stuorrasieđga	Stuorrasiedka
Buolbmát	Pulmanki
Alavieska	Alavieska
Skáidejávri	Skaidijärvi
Skáidejohka	Skaidijoki
Árranjeaggi	Arinajänkä
Deatnu	Teno
Vuollegeavŋŋis	Alaköngäs
Boratbokcá	Boratbokca
Skiippagurra	Skiippagurra
Horbmá	Horma
Vuolle-Buolbmátjohka	Alapulmankijoki
Badjegeavŋŋis	Yläköngäs
Roavesavu	Rovisuvanto
Roavvenjárga	Rovaniemi
Beazeh	Petsikko
Avvil	Ivalo
Njuorggán	Nuorgam
Stuorrageađgevárri	Isonkivenvaara
Badje-Buolbmátjohka	Yläpulmankijoki
Goahteluoppal	Kotalompolo
Mártenašjorbmi	Märtenasluoppal
Luossavárri	Lohivaara
Viercajohka	Jääräjoki
Čahcesuolu	Vesisaari
Anár	Inari
Gáregasnjárga	Karigasniemi
Čeavetjávri	Sevettijärvi
Jiekŋaáhpi	Jäämeri
Várjavuotna	Varanginvuono

Anmerkung zu »Evakuierung« (S. 64 / S. 95 f.):
Vor dem Lapplandkrieg gegen Deutschland (September 1944 - April 1945) mussten die Sámi evakuiert werden. Die meisten von Ihnen wurden nach Ostbottnien (Pohjanmaa) gebracht. Die Bewohner mussten am 7. September 1944 ihre Dörfer verlassen. Die Sámi kehrten im Frühjahr und Sommer 1945 in ihre Heimtregionen zurück.

Die bunte Bommel

Nigá sitzt auf dem Schoß des Großvaters und spielt mit dessen Gürtel herum, an dem ein größeres und ein kleineres Samenmesser sowie eine bunte Bommel hängen. An der Bommel ist noch ein Buchstabe zu sehen.
»Opa, warum hast du an deinem Gürtel eine so schöne Bommel? Hat jemand sie dir gegeben?«

»Mutti, wo ist meine Oma?«
»Deine Áhkku ist gestorben und im Himmel«, antwortet die Mutter und schaut ihren Sohn Nigá ernsthaft an. »Du hast aber doch deinen Opa, der dich immer besucht, wenn seine Rentierherde hier in der Nähe weidet.«
»Das stimmt, aber jetzt habe ich den Áddjá lange nicht gesehen, obwohl er versprochen hat, mich zu besuchen.«
»Ich glaube, dass er bald zu dir kommen kann, weil seine Herde doch auf der östlichen Seite des Buolbmátjávri-Sees hinter dem Fjäll Searbačohkka nach Flechten sucht, um sie zu fressen. Und du weißt ja: Wie alle anderen Rentierbesitzer tauscht er bei Bedarf mit uns, die wir am Seeufer wohnen, Schuhheu zum Ausstopfen und Isolieren seiner Stiefel, Käse, Brot, Fisch und andere Lebensmittel gegen Rentierfleisch und Felle ein.«

Áddjá könnte ruhig schon kommen, denkt der Kleine bei sich und setzt sein Bauernhof-Spiel fort, das er kurz unterbrochen hatte. Er hatte auf dem Fußboden der Stube einen Kuhstall aus kleinen Holzstücken gebaut, in dem aus Zapfen gebastelte Kühe, Schafe und ein Pferd ihre jeweils eigene Stallung hatten. Natürlich will Nigá das Vieh auch füttern und melken.

Elle, seine Mutter, legt den fertigen Brotteig zum Backen in den Ofen und wischt den Rest vom Mehl mit einer Gänsefeder vom Tisch.
»Die sehen richtig gut aus, die Brote für Áddjá. Die hat er beim letzten Besuch bestellt«, erzählt die Mutter ihrem Sohn kurze Zeit später, als sie in den Holzofen schaut.

***

Am nächsten Morgen wacht Nigá vom Knarren einer Tür auf, als sich die Mutter in den Kuhstall begibt. Nigá hört nun, wie sein Vater die Ringe auf dem Herd unten in der Stube an die richtige Stelle zurückschiebt, als er den Kaffeekessel vom Herd nimmt.

Die Wärme des Herdes breitet sich langsam durch die Fußbodenluke des Dachbodens in das obere Stockwerk aus, das morgens im Haus der wärmste Platz ist. Nigá ist jetzt ganz wach und hört, wie die Tür im Hausflur aufgeht und jemand mit den Milcheimern klappert. Jetzt ist es höchste Zeit, dass Nigá die paar Treppenstufen hinunter steigt, um zu beobachten, wer von seinen Lieben hereinkommt.
»Guten Morgen! Nanu, du bist schon wach«, hört er die Stimme der Mutter von der Tür aus rufen, als sie wegen des Frostes von Dampf umhüllt ihre Milcheimer auf den Tisch stellt. »Komm doch ruhig herunter. Ich habe gerade den Opa mit seinem hellhaarigen Rentier über den See hierher fahren sehen.«
Nigá springt wie ein Eichhörnchen von seinem Beobachtungsposten herunter und rennt gleich auf den Hof.
»Geh so nicht hinaus, du wirst sicher frieren«, ruft die Mutter besorgt und eilt ihrem Sohn hinterher.
»Áddjá fährt schon den Uferhang hoch«, stößt Elle hastig hervor, nimmt ihren Sohn auf den Arm und trägt ihn zurück in die Stube.

Nigá will aus dem Fenster schauen, aber weil das Fenster vollständig mit Eisblumen bedeckt ist, kann er gar nichts sehen. Er möchte deshalb ein kleines Loch ins Eis machen, haucht seinen warmen Atem gegen das Fenster und kratzt mit seinen Fingern die Eisschicht weg. Nach einer kleinen Ermahnung kommt die Mutter mit einem Putzlappen zu Hilfe und wischt eine kleine Öffnung ins Fenster, damit ihr Sohn seinen Áddjá zu Gesicht bekommen kann.

Durch das Guckloch schaut der Junge zu, wie Áddjá sein Zugrentier ausspannt, es am Gestell mit dem Futtervorrat für die Tiere befestigt und das Gleiche mit seinen zwei Rentierbullen macht, die die Lastschlitten ziehen. Er wirft noch vor jedes Rentier einen Flechtenklumpen vom Vorratsgestell hinunter und geht dann in Richtung Stube.
»Mutti, ich habe bloß mein Nachthemd an. Zieh mich bitte schnell an«, sagt der Kleine aufgeregt, läuft schnell in das obere Stockwerk und versteckt sich unter einer Zudecke aus Schafsfell. Da lauscht er neugierig und hört, wie der Opa den Schnee mit dem Lasso von seinen Kleidern abschlägt und danach in die Stube kommt.
»Guten Tag. Wo ist Nigá? Der Bursche sollte doch um diese Zeit am Morgen schon längst draußen sein«, bemerkt der Besucher und setzt sich auf eine Bank.
»Er ist oben«, sagt die Mutter gutgelaunt.
»Ist der künftige Rentiermann vielleicht krank, weil er noch nicht aufgestanden ist?«, wundert sich der Großvater. Danach hört Nigá nur noch Geflüster, kann nichts mehr verstehen und wickelt sich wieder in seine Pelzdecke ein. Er merkt dann aber, wie die Mutter die Treppe hinaufsteigt und mit seinen Kleidern im oberen Stockwerk auftaucht.

***

Nigá hat später mit seinem Opa einen lustigen Tag bei den Rentieren verbracht. Sie sind mit einem stattlichen, hellhaarigen Rentierbullen auf dem See im vollen Galopp so schnell gefahren, dass die Schneeklumpen von den Rentierklauen den Schlittenfahrern ins Gesicht flogen.
Nach einer Weile haben sich die Leute auf dem Hof zum Mittagessen versammelt, das Elle gekocht hat. Nigás Vater Jovnna hat jetzt auch Zeit, mit ihnen gemeinsam zu essen, weil er rechtzeitig von der Waldwiese zurückgekommen ist. Er hat von dort mit seinem Pferd für die Rentiere Heu geholt.
»Frischer Rentierhirnkuchen und frisch gekirnte Butter schmecken doch wirklich lecker«, sagt der Opa erfreut und schlägt sich hungrig mit diesen Leckereien seinen Bauch voll.
»Uns dagegen schmecken Rentierfleisch und Blutklöße besonders gut«, erwidert Jovnna freudig. Elle tunkt ein Stück Rentierfleisch in eine Schüssel mit Fett, aber bevor sie das Fleisch in den Mund steckt, sagt sie:
»Lasst es Euch schmecken!«
»Du, künftiger Rentierzüchter, nimm doch etwas Rentierfett zu deinen Blutklößen«, sagt Áddjá aufmunternd zu seinem Enkelsohn und zwinkert ihm mit seinen lustigen Augen zu.

Das ausgiebige Mittagessen hat die Zungen der Erwachsenen gelöst und sie unterhalten sich angeregt. Nigá, auf dem Schoß des Opas sitzend, hört aufmerksam zu. Mit Interesse bestaunt er Opas Gürtel, an dem sowohl ein großes als auch ein kleines Samenmesser hängen.
»Áddjá, was machst du mit diesem kleineren Messer?«
»Damit markiere ich die Rentierkälber. Mit diesem scharfen Samenmesser habe ich schon tausende Schnittmarken in die Ohren der Kälber geritzt«, sagt der Großvater stolz und lächelt geheimnisvoll.
»Aber was ist das für eine Bommel, die an deinem Gürtel hängt?«

Áddjá zieht Nigá näher zu sich und schaut ihm dann liebevoll in die Augen.
»Deine Áhkku hat mir auf ihrem Totenbett diese Bommel gegeben und hat mich gebeten, sie dir zu schenken, wenn du etwas größer geworden bist«, erklärt der alte Mann.
»Bin ich nun schon groß genug, um die Bommel zu bekommen?« fragt Nigá und schaut bittend seinem Opa tief in die Augen.
»Ja, ich denke, dass ich dir jetzt die Bommel gebe«, antwortet der alte Herr und trennt sie von seinem Gürtel ab. Mit Tränen in den Augen drückt er Áhkkus Schatz seinem Enkel in die Hand.
»Das ist nun deine Glücksbommel, und ich hoffe, du wirst sie nicht verlieren. Bitte deine Mutter darum, die Bommel an deine Lieblingsmütze zu nähen. Dieses Geschenk von deiner Áhkku wird dir immer helfen, egal in welchen Schwierigkeiten du in deinem künftigen Leben sein wirst«, erklärt der Opa und streicht Nigá über die Schulter.
»Áddjá, ich verspreche dir, diese Bommel immer bei mir zu tragen«, sagt Nigá feierlich und fällt dem Großvater um den Hals. Dann springt er von dessen Schoß herunter, um die bunten Farben der Bommel zu bewundern.

Diese schönen Farben und Áddjás liebevolle Worte beflügeln seine Fantasie. Nigá sieht vor sich eine gute Zukunft mit vielen Rentieren, Kühen und Schafen und mit Freunden, mit denen er sich gut versteht.

Eine Kindheitserinnerung

Nigá springt mit Schwung über die Fährte und beginnt dann schneller weiterzulaufen. Das Keuchen eines Wolfes ist ihm nun dicht auf den Fersen.

Nigá stapft durch den bis an seine Knie reichenden Schnee. Schweiß tropft über seine Wangen in den Schnee und vermischt sich mit Millionen von Eiskristallen. Der Reif auf dem Rücken seiner Samenjacke schmückt mit neuen Mustern den Stoff. In Nigás Innerem vermischen sich gleichzeitig Schrecken und Angst.
Seine Mutter hatte ihm aufgeregt einen wichtigen Auftrag erteilt: »Lauf zu unserer Nachbarin Marét und sag ihr, dass sie schnell eine Hebamme holen soll. Es eilt wirklich sehr!« In diesem Ton hatte ihm die Mutter noch nie etwas befohlen, wenn er für sie Dinge erledigen musste.

Nigá versucht, sich zu noch schnellerem Laufen anzuspornen, obwohl ihm das im tiefen Schnee viel Kraft abverlangt. Er erkennt in der Dunkelheit, dass im weit entfernten Haus von Máret das matte Licht einer Öllampe flackert. Nigá hat das Gefühl, dass das Licht sehr weit weg ist, und die Strecke bis zum Nachbarhaus kommt ihm auch unendlich lang vor.

Die Mündung des Flusses, der in der Nähe von Márets Haus in den See fließt, könnte eisfrei sein. Sein Vater hat ihn oft vor dieser und auch vor anderen offenen Stellen im See in der Nähe ihres Hauses gewarnt. Weil Nigá sehr müde ist und Angst hat, muss er sich jetzt dazu zwingen, bis zu seinem weit entfernten Ziel weiterzulaufen.

***

Nigá hat schon lange vermutet, dass Bergehttá, die Schwester seiner Mutter, irgendein Problem haben muss, weil er sie allein beim Weinen überrascht hat. Aber niemand hat Nigá erzählt, was die Tante eigentlich bedrückt. Auf dem Weg zu Marét, die die Hebamme holen soll, versucht Nigá, sich daraus einen Reim zu machen. Da ist Jusse, der Knecht, der die Tante nicht mehr so oft besucht wie er es früher getan hat. Da muss etwas Geheimnisvolles geschehen sein. Und als Nigá einmal im Vorbeigehen den runder werdenden Bauch seiner Tante streichelte und danach fragte, was da drin sei, erzählte man ihm, dass da eine Puppe strampele.

***

Nigá hat sich bis jetzt an dem matten Licht orientiert, aber jetzt ist dieses Lichtlein ebenfalls hinter der Uferböschung verschwunden. Es ist sein Glück, dass plötzlich die Mondsichel hinter einer Wolke hervortritt und an diesem dunklen Winterabend die ganze Landschaft beleuchtet. Die Uferböschung weckt in ihm viele schöne Erinnerungen, wie etwa ans Rodeln mit den Rentierfellen und ans Skispringen mit seinen Freunden Nillá und Piera.
Wenn ich doch nur so viel Kraft hätte, dass ich noch an den zwei Landzungen vorbeikäme, dann wäre ich ja bereits fast am Ziel angekommen, denkt Nigá bei sich, während er durch den tiefen Schnee weiterstapft. Plötzlich schreckt er auf, weil er vor sich frische Tierspuren bemerkt. »Bloß keine Wölfe!« Der kleine Junge spürt, wie ihm kalter Schweiß den ohnehin schon feuchten Rücken herunterrinnt. Nigá ist schon früher mal mit seinem Vater Wölfen gefolgt und erkennt sofort die Spuren dieser gefährlichen Raubtiere wieder.
»Es scheint, als wäre hier nur ein Wolf gelaufen, aber es könnte ebenso ein großes Rudel gewesen sein. Wenn es so viel Schnee gibt, treten die Wölfe gerne in die Fußstapfen der anderen Wölfe«, hat sein Vater ihm damals beigebracht.

Nigá springt mit Schwung über die Fährte und beginnt dann schneller weiterzulaufen. Es kommt ihm aber so vor, als sei ihm ein fremdes Wesen auf den Fersen. Nigá schaut nach hinten, stolpert über ein aus dem Schnee herausragendes Eisstück und fällt in eine Schneewehe.
Um Gottes willen! Er meint, das Keuchen eines Wolfes nun ganz in der Nähe zu hören!
Wenn er mich nur nicht sehen könnte, aber natürlich sieht er mich, denkt der Junge.
Der Vater hat gesagt, dass ein Wolf einen Menschen aus großer Entfernung wittern und auch den Fußspuren eines Menschen folgen kann.
Niga hebt seinen Kopf hoch und horcht. Er hört nun kein Keuchen mehr und sieht auch keine Wölfe.
Das war vielleicht nur mein eigenes Keuchen, vermutet Nigá und setzt seinen anstrengenden Weg zu Mårets Haus fort.

***

»Meine Mutter lässt ausrichten, dass du das Pferd anspannen sollst, um dich auf den Weg zur Hebamme zu machen«, ruft Nigá bereits von der Tür aus. »Die Puppe von Tante Biggá will aus dem Bauch heraus.«
»Wirklich?«, antwortet Máret, legt den Putzlappen auf den Tisch und trocknet sich die Hände an ihrer Schürze ab.
Nillá und Piera sind bereits in der Schlafkammer und dabei, ins Bett zu gehen, aber die bekannte Stimme bringt die Brüder dazu, erstaunt in die Stube zu stürzen.

»Nigá bleibt hier und übernachtet bei uns«, sagt Máret und fängt an, sich anzuziehen. Sie zieht ihre Gamaschen aus der Haut einer Rentierkeule über, verbindet sie durch Bänder mit den Fellschuhen und zieht noch den Pelzmantel an. Die Kleidung wird noch durch eine Kopfbedeckung aus Kalbsleder und durch ein Paar Pelzhandschuhe vervollständigt,

bevor sie ihre Schritte in die frostige Winternacht lenken kann.
»Jungs, ihr geht nun ins Bett zurück. Nigá kann mir helfen, das Pferd anzuspannen und ihm das Kummet anzulegen, weil der Riemen so steif ist«, erklärt die Mutter den Jungen.
»Komm mit mir, um an dem Riemen zu ziehen. Halt an der Zugstange fest und tritt gegen das Kummet«, befiehlt Máret Nigá.
»Genau so, noch etwas und jetzt haben wir den Riemen festgezurrt. Du warst aber kräftig«, lobt Máret ihn noch schnell, springt in den Schlitten und treibt ihr Pferd zum Laufen an.

Nigá geht in die Stube zurück und ist stolz, dass er Marét dabei helfen konnte, sich auf den Weg zur Hebamme zu machen. In der Stube warten zwei erschrockene Burschen auf den Helden.
»Wo ist euer Vater, ist er gar nicht da?«, fragt Nigá seine Freunde.
»Er hütet unsere Rentierherde«, antwortet Nillá und zieht sein Nachthemd über die Knie.
»Wohin fährt denn jetzt unsere Mutter?«, fragt Piera neugierig.
»Sie muss die Hebamme holen. Die Puppe von Tante Biggá will aus ihrem Bauch heraus«, erklärt Nigá gekonnt.
»Wie ist die Puppe denn in ihren Bauch hineingekommen? Hat Biggá die Puppe verschluckt?«
»Ich glaube, dass sie die Puppe verschluckt hat, als sie Wasser getrunken hat«, antwortet Nigá und beobachtet dabei, wie die Katze zu ihrer Milchtasse schleicht.
»Was wäre passiert, wenn Biggá eine Katze heruntergeschluckt hätte?«
»Die Katze würde bestimmt in ihrem Bauch traurig miauen, weil sie keine Mäuse mehr fangen könnte«, sagt Nillá und versucht noch schlauer als Nigá zu sein.
»Was würde passieren, wenn jemand eine Maus verschlucken würde? Sie würde bestimmt ein Loch in den Bauch nagen

und dadurch herauskommen, und dann bräuchte man keine Hebamme mehr zu holen.«
Als die Jungs kein Tier mehr erfinden, das im Bauch der Tante verschwinden könnte, hüpfen sie noch eine Weile auf dem Bett herum, bis sie müde werden und endlich einschlafen.

***

»Im Namen des Vaters und des Sohnes und des Heiligen Geistes. Amen!«, sagt Vater Jovnna andächtig und hält die Bibel in seiner Hand. Die Mutter und Tante Biggá beginnen, ein Kirchenlied zu singen. Nigá hat von den Gesprächen der Erwachsenen verstanden, dass das kleine Mädchen notgetauft werden muss, weil es krank ist.

Seit der Taufe sind erst ein paar Tage vergangen, als Biggá und Nigá im oberen Stockwerk am Bett des Babys Wache halten. Nigá beobachtet, wie das Kerzenlicht Schattenbilder der Trauernden an die Wand wirft, während sie ohne Unterbrechung das Kind in seinen letzten Stunden begleiten.

»Lass mich nicht allein. Ach, wenn du bloß am Leben bleiben würdest. Du liebes Kind, lass mich bitte nicht allein«, flüstert Biggá mit zerbrechlicher Stimme.
Nigá sitzt neben ihr und sieht, wie der jungen Mutter Tränen über das Gesicht laufen und dann auf den Fußboden tropfen. Das ersterbende Feuer im Herd spiegelt sich an der Decke wider, als ob es die letzten Stunden des Babys dort aufzeichnen würde. Eine Kuh muht im Stall. Auf dem Tisch tickt ein Wecker. Dann ist ein leises Röcheln zu hören.
»Jetzt ist mein Baby gestorben«, seufzt Biggá, bricht vollends in Tränen aus und nimmt Nigá in ihre Arme. Die Schattenbilder an der Wand verschwinden. Das Feuer im Herd flackert noch einmal auf, glimmt eine kurze Weile und erlischt dann endgültig.

Das Schneehuhn in der Falle

Nigá fällt es schwer, das Schneehuhn an der Gurgel zu packen und den Vogel zu töten. Er hält den Fang auf seinem Schoß fest und bewundert die Schönheit des Vogels. »Da bist du ja«, hört er ganz aus der Nähe die Stimme seines Vaters, der sich beunruhigt auf den Weg gemacht hatte, um seinen Sohn zu suchen.

Nigá gleitet auf Skiern langsam die Loipe entlang, die er am vorherigen Tag mit seinem Vater gespurt hat. In der Nacht hat es so viel geschneit, dass bei dem weichen Neuschnee die Bedingungen zum Skilaufen sehr gut sind. Die Skier des kleinen Jungen hat sein Vater aus seinen eigenen alten Skiern gefertigt. Natürlich ist Nigá sehr stolz auf sie, obwohl er es hinnehmen musste, dass er statt eines richtigen Skistockes von seiner Mutter einen alten Stock bekam, der vorher zur Bearbeitung von Fellstiefeln diente. Ein Stock reicht ihm aus, denn mit seiner zweiten Hand muss er einen möglichen Fang nach Hause schleppen, weil alle Rucksäcke, die er anprobiert hatte, für seinen Rücken zu groß waren.

Am vorherigen Tag hat Nigá mit seinem Vater Schlingen zum Fang von Schneehühnern gebaut. Dabei hat der Vater ihm sorgfältig beigebracht, wie man eine Schlinge fertigt, welchen Platz man wählen und in welcher Höhe sich eine Schlinge befinden muss. Diese Anweisungen hat Nigá gestern befolgt, als er einige Fang-Schlingen für Schneehühner ausgelegt hat.

Als sich Nigá der ersten Falle nähert, läuft er schneller, aber muss dann doch enttäuscht bemerken, dass die Falle leer ist. Er überprüft noch schnell, ob die Schlinge in Ordnung ist, und läuft dann zur zweiten Schlinge. Auch da gibt es keinen Fang und in der folgenden auch nicht.

Als er zu den letzten beiden Auslege-Plätzen läuft, hört er von dort ein Rascheln. Nigá bleibt stehen und spürt, wie ihm vor Aufregung die Haare zu Berge stehen. Vor ihm taucht ein Bild von Wölfen auf, deren Heulen er gestern Abend auf der Anhöhe dem Ufer gegenüber meinte gehört zu haben.
»Ob ich jetzt zurück nach Hause laufe und den Vater um Hilfe bitte?«, fragt sich Nigá halblaut, als er auf seinen Skistock gestützt auf die fremden Laute horcht.
Aber da er nichts mehr hört, spricht sich der Junge selbst Mut zu:
»Falls das wirklich ein Wolf ist und er mich angreifen will, habe ich doch meinen Stock, mit dem ich ihn schlagen kann.«
Entschlossen nähert er sich der Falle.

Er geht vorsichtig zur ersten Schlinge, bemerkt aber enttäuscht, dass sie leer ist. Die andere Falle ist hinter einem Busch versteckt. Nigá beobachtet sie eine Weile und gibt vor Schreck und Überraschung einen kleinen Schrei von sich. Das in der Schlinge hängengebliebene Schneehuhn beginnt mit den Flügeln zu schlagen. Nigá freut sich, legt seine Skier zur Seite, stapft durch den tiefen Schnee zu der Schlinge und versucht, das Schneehuhn zu packen. Aber dem Vogel gelingt es, den Draht abzureißen, und er will sofort davonlaufen. Das Schneehuhn kann jedoch nicht auffliegen, weil sich der Draht um seine Flügel gewickelt hat.
Nigá jagt eine ganze Weile dem Schneehuhn hinterher und muss zwischendurch seine verschwitzte Kleidung ausziehen. Die Wettkämpfer beobachten sich von verschiedenen Seiten des Busches aus und versuchen die nächste Bewegung des anderen zu erraten. Als Nigá um den Busch kreisen will, wechselt der Vogel schnell wieder auf die andere Seite. Hin und wieder schlüpft er durch das Geäst, als ob er wüsste, dass der Jäger ihn durch den Busch hindurch nicht greifen kann. Der kleine Junge bräuchte jetzt die Hilfe seines Vaters, aber er will nicht aufgeben und die Jagd geht weiter.

Mit letzter Kraft holt er das Schneehuhn ein, befreit es vom Schlingendraht und hält den Vogel auf seinem Schoß. Jetzt müsste Nigá ihn töten, genauso wie der Vater es ihm beigebracht hat.

Das Schneehuhn hockt auf seinem Schoß und schaut dem Jäger ergeben in die Augen. Nigá hat Mitleid mit dem Schneehuhn und beginnt, es zu streicheln, was dem Tier sehr gefällt. Nigá kämpft mit sich selbst. Soll er den Vogel an der Gurgel packen und ihn erwürgen oder soll er ihn in die Freiheit davonfliegen lassen?

»Da bist du ja«, hört er ganz aus der Nähe die Stimme seines Vaters. Nigá springt auf, und im gleichen Augenblick fliegt das Schneehuhn laut lachend aus dem Schoß des Vogelfängers davon.
»Wo ist denn nun dein Schneehuhn, nach dem du gejagt hast?«, fragt der Vater und lächelt schelmisch.
»Es ist weggeflogen«, antwortet Nigá schnell und macht sich mit seinen Skiern auf den Weg nach Hause.

Die Katze Bovdnji

»Du musst aufpassen, dass deine Katze die Fleischstücke nicht auffrisst, die gerade an der Wand hängen, um an der Luft zu trocknen«, ermahnt der Vater Nigá und lenkt gleichzeitig sein Pferd in Richtung Wald, um dort Langholz zu hacken.
»Nein, Bovdnji stiehlt nicht«, verteidigt Nigá seine Katze. Aber was passiert dann?

Nigá beobachtet bereits seit ein paar Tagen die Katzenspuren und hat dabei auch schon gesehen, wie eine langhaarige halbwilde Waldkatze in allen Ecken ihres Hofes herumschleicht. Heimlich bringt er seiner neuen Bekanntschaft Futter und stellt fest, dass es ihr gut mundet. Er hat ihr sogar ein Fleischstück angeboten, obwohl er ahnt, dass es seiner Mutter nicht gefällt, wenn er so spendabel zu dieser herrenlosen Katze ist.
Nigá zieht sich schnell an und schleicht wieder zu dem Futterplatz, um nachzusehen, ob sein Futter der Katze geschmeckt hat. – Ja, es hat ihr tatsächlich gut geschmeckt.

Der Junge folgt den Katzenspuren bis zum Seeufer und sieht, wie sich seine Katzenfreundin auf einem Birkenzweig rekelt und von dort Nigás Bewegungen beobachtet. Leise schleicht Nigá näher und lockt die Katze zu sich: »Miez, miez, miez!« Als er merkt, dass sie nach unten springen will, bleibt er stehen, um weiter mit ihr zu sprechen. So beruhigt sich die Katze und klettert wieder auf den Ast, um die Bewegungen des Jungen weiter zu beobachten. Nigá tritt noch näher heran und setzt sich unter den Baum.

»Nigá! Wo bist du denn? Komm her und hol dem Pferd Wasser«, ruft seine Mutter. Aber der Junge tut so, als ob er nichts hört. Die Katze ist ihm jetzt wichtiger als Wasser schleppen. »Bleib doch bei mir«, sagt der Junge bittend und beobachtet den Zweig, auf dem sich die Katze vor ihm versteckt. Nigá streckt langsam seine Hand in Richtung Katzenrücken aus und kann nun zum ersten Mal die Waldkatze streicheln. Bald darauf kann er sie sogar auf den Schoß nehmen. Es berührt sein Herz, als er sieht, wie vertrauensvoll die Katze auf seinem Schoß liegt. Die Katze vor seinen Bauch haltend geht Nigá in Richtung Kuhstall, um seiner Mutter zu zeigen, was für eine Freundin er für sich gezähmt hat. Als die neuen Freunde beim Kuhstall ankommen, tritt die Mutter gerade aus der Tür hinaus und die Katze springt aus den Händen des Jungens direkt aufs Dach des Kuhstalls.

»Mutti, ich habe eine Katze. Sie kam sogar auf meinen Schoß und sie mag mich. Darf ich sie behalten?«
«Du kannst sie doch nicht so einfach nehmen. Sie ist bestimmt das Lieblingstier eines anderen Kindes.«
»Sie mag das Kind sicher nicht mehr. Das Kind hat bestimmt vergessen, sie zu füttern, und darum ist sie weggelaufen«, verteidigt sich Nigá und hält Ausschau nach der Katze, die sich immer noch auf dem Dach des Kuhstalls versteckt.
»Na gut, wenn sie keiner vermisst. Du musst aber dafür sorgen, dass du sie auch fütterst, sonst verlässt sie dich genauso wie ihren ehemaligen Besitzer.«
»Ganz bestimmt werde ich sie füttern«, antwortet der Junge erfreut und klettert aufs Dach, um die Katze wieder auf den Schoß zu nehmen. Als Nigá eine Weile seine neue Freundin gestreichelt hat, schließt die Katze ihre Augen und beginnt zufrieden zu schnurren.

***

Recht schnell hat sich die Katze an das Haus gewöhnt, und die Familie hat ihr den Namen Bovdnji gegeben. Das schöne

Pfotentier hat ein sehr langhaariges Fell und sieht auch sonst wie ein Fuchs aus, denn sie ist eher rotbraun. Es liegt an ihrem dicken Fell, dass sie sich in der Stube nicht besonders wohlfühlt, sondern eher draußen in ihrem Element ist.
»Bovdnji hält auch die Mäuse in Schach!«, lobt Nigá seine neue Kameradin stolz.

Nigá und Bovdnji sind gute Freunde geworden. Treu folgt die Katze ihm auf Schritt und Tritt wie ein Hund, nur mit dem Unterschied, dass sie auf kein Kommando reagiert. Die Mutter sieht amüsiert zu, als sich die beiden auf den Weg machen, Schlingen für die Schneehühner zu legen. Nigá läuft mit seinen Skiern voran und Bovdnji eilt mit hoch erhobenem Schwanz hinterher.
»Da haben wir ja zwei Partner! Sie haben vielleicht sogar eine gemeinsame Sprache, weil sie sich so gut verstehen.«

Als Nigá ein Schneehuhn aus der Schlinge befreit und weiterlaufen will, bemerkt er, dass seine Freundin nicht mehr in seiner Nähe ist. »Wo ist sie bloß verschwunden«, ärgert sich der kleine Jäger und ruft nach seiner Katze. Aber das Tier ist weder zu hören noch zu sehen. »Eben war sie noch da, als ich den Vogel befreite. Bovdnji kam doch zu mir und schmiegte sich an meine Ledergamasche. Was hat sie bloß jetzt gefunden, dass sie nicht zu mir kommt«, fragt sich der Vogelfänger, als er anfängt, seine Jagdbegleiterin zu suchen.

»Miau, miau«, hört er plötzlich eine Stimme von weitem jammern. Nigá läuft in Richtung des Wehklagens und erblickt seine Katze, die mit einer Pfote in einer Schlinge hängengeblieben ist und versucht, sich zu befreien. Nigá kommt ihr zu Hilfe und zieht das Bein vorsichtig und sanft aus der Drahtfalle. Die Katze erweist ihm ihren Dank und schmiegt sich an Nigás Wange. Nachdem die beiden ein wenig geschmust haben, setzen sie ihre Schlingen-Inspektion wieder gemeinsam fort.

Nigá freut sich, weil auch die Eltern seine kluge Katze akzeptieren. Obwohl Bovdnji ihre Schlauheit bereits unter Beweis gestellt hat, ist Nigá doch etwas unsicher und will denn lieber auf sie aufpassen, als der Vater Fleischstücke an die Wand ihres Hauses zum Lufttrocknen hängt.
»Ob Bovdnji das Rentierfleisch heimlich frisst?«, grübelt der Katzenbesitzer.
»Sie fasst die Fleischstücke bestimmt nicht an«, versucht Nigá den Vater zu überzeugen und lockt die Katze weiter weg von diesen großen Versuchungen.
»Pass auf deine Freundin auf, damit sie nicht an das Fleisch herankommt«, sagt der Vater noch einmal nachdrücklich und macht sich mit seinem Pferd auf den Weg in den Wald, um dort Holz zu hacken.
Der Junge schaut verunsichert zu, wie sich sein Haustier der neuen Verlockung gegenüber verhält. Nigá läuft im Haus dauernd nach oben, um von dort einen Blick auf die draußen unter einem Fenster hängende Fleischleine zu richten.
Diese verdammten Unglückshäher und Meisen. Jetzt fangen sie an, in Scharen um das Rentierfleisch zu schwärmen, sorgt er sich.
»Verschwindet!«, ruft Nigá aus dem Fenster. Von oben kann er direkt die Fleischstücke sehen. Dann geht er herunter und will seiner Mutter helfen, feste Fäden aus Rentiersehnen zu flechten.

»Gut, dass du gekommen bist. Jetzt kann ich deinen Pelzmantel nähen, während du Schnüre flechtest«, freut sich die Mutter, fädelt einen Faden durch eine Stopfnadel ein und konzentriert sich aufs Nähen.
»Wo hast du diesen Sehnenfaden herbekommen?«, fragt Nigá seine Mutter neugierig.

»Ovllá hat ihn mitgebracht, weil ich für ihn Fellschuhe genäht habe«, antwortet seine Mutter Elle und näht die Lederstücke für den Pelzmantel mit dem reißfesten Zwirn zusammen.
»Oje, oje! Ich sollte doch darauf aufpassen, dass Bovdnji das Dörrfleisch nicht frisst«, ruft Nigá plötzlich aufgeregt und läuft wieder nach oben. Er schaut aus dem Fenster und sieht, dass seine Katze auf der Fleischleine liegt.
»Um Himmels willen«, stößt der Junge erschrocken hervor und starrt seine Katze an.
Er nimmt bereits seine Hand hoch, um ans Fenster zu klopfen und seine Freundin wegzujagen, aber er wartet dennoch ein wenig.
»Aber Bovdnji hat das Rentierfleisch doch gar nicht angerührt! Es sieht eher so aus, als ob sie die Vögel verjagt hat. Meine Katze ist wirklich klug. Sie hat sogar auf die Vögel aufgepasst, damit die es nicht wagen, das Dörrfleisch zu fressen«, freut sich Nigá.

Der kleine Junge schaut zu, wie die Unglückshäher auf einer naheliegenden Birke sitzen, als ob sie planen würden, wie sie doch noch ein Fest mit Rentierfleisch feiern könnten. Da müssen sie sich aber sehr vor der Katze in Acht nehmen.
Eine Meise kümmert sich nicht im Geringsten um den Aufpasser, sondern fliegt zum Fleisch und beginnt, aus dem Dörrfleisch das Rentierfett zu picken. Bovdnji richtet sich auf und versucht, den Vogel zu packen, aber – schwups – fliegt der Vogel gerade noch weg. Nach einer Weile will auch einer der Unglückshäher einen Anteil vom Fleisch ergattern, aber erneut gibt der Wächter ihm den Laufpass. Der Besitzer der Katze platzt fast vor Glück und ist sehr stolz auf die Klugheit seiner Freundin.

Nigá bemerkt, dass sein Vater mit einer Wagenladung Holz auf den Hof einbiegt. Und schon rast Nigá ihm entgegen.

»Vati, Vati! Bovdnji frisst unser Dörrfleisch nicht! Im Gegenteil: Sie passt gut auf, damit die Unglückshäher und Meisen das Fleisch nicht picken können. Ich habe wirklich eine sehr kluge Katze«, lobt der junge Katzenbesitzer mit Nachdruck Bovdnji. Dann geht er wieder zu seiner Mutter, um weiter Sehnenfäden zu flechten.

Der Hase

Nigá zieht sein Samenmesser aus der Messerscheide und tritt näher an seinen Fang heran.
»Oje, oje! Er weint ja wie ein Kind.«

»Nigá, holst du bitte Heu hierher in den Kuhstall? Du findest einen Sack draußen bei den Holzscheiten«, fordert seine Mutter ihn auf, gießt dabei Milch in einen größeren Eimer und beginnt dann, eine andere Kuh zu melken.

Das Heuschleppen interessiert Nigá gerade jetzt überhaupt nicht. Aber trotzdem steht er vom Baumstumpf, auf dem er sitzt, auf, klemmt sich den Sack unter den Arm und stapft durch den Neuschnee in Richtung Heuschober.
Ach, wie die Hasen um den Heuschober hoppeln. Ihre deutliche Spur führt von hier aus bis zu einem am Seeufer wachsenden Weidengebüsch, beobachtet Nigá, während er Heu vom Heuschober herauszieht und in seinen Sack stopft.
Vielleicht könnte ich heute eine Falle für die Langohren stellen und morgen dann einen Heuräuber in den Topf werfen, überlegt Nigá, während er den Sack voll Futter zum Kuhstall schleppt.

***

Nigá wacht von den Geräuschen auf, als seine Mutter unten die Tür des Kamins schließt, mit einer Kelle Wasser aus dem Eimer schöpft und in den Kaffeekessel gießt.
Ich bin richtig gespannt, was bei den Hasen los ist. Ob einer in meine Falle getappt ist?, fragt er sich.

Niga hatte am gestrigen Tag seinen Plan verwirklicht und eine Falle für die Hasen aufgestellt. Er war schon am Abend so begeistert von seiner Konstruktion, dass er lange im Bett wach lag und nicht einschlafen konnte.

Nun springt er aus dem Bett, zieht schnell seine Hose an, schnappt sich seine aus dem Kopffell eines Rentiers genähten Pelzschuhe, die am warmen Ofen stehen, und stopft sie mit Heu aus. Er zieht noch seine Gamaschen, Lappenjacke, Mütze und die mit Heu gefüllten Fausthandschuhe an. Jetzt ist Nigá zur Hasenjagd bereit.

Nigá geht zum Heuschober und sieht gleich, dass ein Hase im Fallendraht zappelt. Mit pochendem Herzen geht der Jäger zu seinem Fang. Als er den Hasen an seinen Ohren packen will, löst sich das Holz, an dem die Falle festgebunden ist, und der Hase hoppelt, das Holzstück mit sich schleppend, davon.

Daraufhin beginnt eine wilde Jagd. Der Holzklotz ist so groß, dass sich das Tempo des Hasen verlangsamt, und Nigá und der Hase etwa gleich schnell sind. Nigá eilt auf Skiern dem Hasen nach und versucht das Holzstück zu erwischen. Doch der Hase entkommt und hoppelt weg. Der Jäger legt seine Skier erst einmal zur Seite und versucht, zu Fuß dem Hasen nachzulaufen. Aber es gibt so viel Schnee, dass er doch seine Skier und den Skistock zu Hilfe nehmen muss, bevor er seinen nächsten Versuch startet, den Hasen zu fangen.
Die Verfolgung endet jäh, als der Hase auf dem mit Reisigmarkierungen abgesteckten Eisweg an einem Reisigeäst hängenbleibt. Nigá erkennt, dass das Holzstück von der Falle nicht am Hals des Hasen hängt, sondern über der Schulter, schräg neben einem seiner Läufe baumelt.
Deshalb ist er noch so kräftig, vermutet Nigá und versucht verzweifelt, den Hasen zu erreichen. Endlich gelingt es Nigá, den Hasen einzuholen, doch das Langohr macht einen ziemlichen Lärm und beginnt wie ein Kind zu klagen.
»Oje, oje! Er weint ja wie ein Kind.«

Nigá macht einen Satz rückwärts und hört erschrocken dem Jammern seines Fanges zu. Er zieht sein Samenmesser aus der Lederscheide und zieht den Hasen näher zu sich heran. Nigá blickt ihm in die Augen. Sie scheinen noch größer zu werden, als Nigá mit seinem Messer in der Hand dem Tier ganz nahe kommt.

Doch Nigá lässt sich vom Fiepen und von den großen traurigen Augen erweichen und steckt sein Messer wieder in die Scheide, um den Hasen zu befreien. Nigá blickt überrascht, denn das Langohr bleibt hocken und rennt nicht davon.
Was ist bloß mit ihm los? Er läuft gar nicht weg, obwohl ich ihn freigelassen habe, wundert sich Nigá und versucht, den Hasen fortzuscheuchen. Schließlich merkt der Hase dann doch, dass er frei ist und springt rasch in ein am Seeufer wachsendes Weidengebüsch.

***

Als Nigá von seiner Hasenjagd nach Hause zurückkommt, sieht er, dass der Post-Ásllat auf den Hof gefahren ist, seine Schlitten-Rentiere an das Vorratsgestell bindet und beiden einen Flechtenklumpen zum Fressen gibt. Ásllat trägt jede Woche die Post aus und tut es jedes Mal auf die gleiche Weise: Er befestigt immer sein Zugrentier am gleichen Pfahl des Vorratsgestells, das Reserverentier am ersten Tier, und wirft vor jedes Rentier einen Brocken leckerer Flechten. Dann kippt er sein Kufengefährt um und versteckt das Kummet und das Riemenwerk unter dem Schlitten.

Nigá schüttelt den Schnee von seinen Kleidern ab, damit niemand merkt, dass er sich auf Hasenjagd im Schnee herumgetummelt hat. Ásllat spricht ununterbrochen in der Stube und erzählt etwas ganz Wichtiges. Deshalb haben die Leute keinen Blick für ihn, als der Junge hereinkommt. Auf dem

Tisch liegen eine Zeitung und ein Brief, auch ein paar Kaffeetassen, eine Butterdose und ein Brotkorb stehen dort.

Nigá setzt sich an den warmen Ofen und verfolgt das Gespräch der Erwachsenen. Seine Mutter hört dem Postboten mit sichtlichem Interesse zu und macht Bemerkungen zu dem, was geschehen ist.
»Kaum zu glauben! Und dann?«, fragt sie. Der Post-Ásllat weiß sehr viel, weil er jedes Haus von Ohcejohka bis nach Buolbmátjávri aufsucht.

Nigá hat schnell von dem Gespräch genug. Er verschwindet nach oben und sieht zum Fenster hinaus. Ásllats Rentiere scheinen sich an den Flechten satt gefressen zu haben, weil sie sich hingelegt haben, um ihr Futter wiederzukäuen.

***

»Ist kein Hase in deine Falle geraten?«, fragt sein Vater am nächsten Morgen, als Nigá von oben kommend in die Stube tritt. Diese Frage war zu erwarten, aber vielleicht nicht sofort, nachdem Nigá den Kopf durch die Stubentür gesteckt hat.
»Doch. Ich habe einen Hasen gefangen, aber die Falle war über seiner Schulter am Lauf hängengeblieben und ich dachte, dass das Fleisch mit Blut unterlaufen und nicht mehr essbar ist. Der Hase sah auch so mager aus«, erklärt Nigá, obwohl er ganz genau weiß, dass das nicht stimmt. Er hat sich diese Erklärung letzte Nacht zurechtgelegt.
»Ja, aber du hast ja auch ein Schneehuhn aus der Schlinge befreit. War dessen Fleisch ebenfalls blutunterlaufen?«, scherzt der Vater und schaut seinen Sohn schelmisch an.

Nigá sucht seine Kleidung für draußen, zieht sich an und geht zur Tür.

»Iss doch etwas, bevor du hinausgehst«, rät ihm sein Vater. Er bekommt aber keine Antwort von Nigá, sondern hört nur, wie der Junge hinter sich die Tür zuknallt.

Ein Rudel Wölfe

Nigás Hund Guvge bleibt plötzlich mitten im Lauf stehen, beschnüffelt die Spuren mit gesträubtem Fell und stürzt danach in vollem Galopp in Richtung Wolfsrudel. Nigá versucht mit aller Kraft, den Schlitten zu stoppen, aber die Fahrt zu den lauernden Wölfen wird immer schneller.

Das kleine Wohnhaus aus Blockbohlen liegt im Mondschein am See Buolbmátjávri. Außer Nigá gehören zur Familie noch sein Vater Jovnna, seine Mutter Elle und der Hund Guvge. Auch die Katze Bovdnji hat viele Jahre im Haus gelebt. Sie ist aber im letzten Sommer verschwunden und ist nicht mehr nach Hause zurückgekehrt.

Nigá ist nach dem schrecklichen Erlebnis heute nach Hause zurückgekehrt und liegt nun in der Stube unter einer Felldecke wach. Mit dem Kopf seines Hundes im Arm beobachtet Nigá, wie das Mondlicht durch den Vorhang Schattenbilder auf den Fußboden wirft. Gerade jetzt ähnelt das Schattenbild dem Rande des Fjälls, wo ein Wolfsrudel mitten am Tage dem vom See nahenden Hundeschlitten entgegenstarrte. Nigá hält seinen Hund fester im Arm, zieht die Decke über seine Augen und versinkt in Gedanken, die ihm die Tagesereignisse noch einmal vor Augen führen.

Nigás Hund Guvge ist ein sehr guter Schlittenhund. Er führt sein Herrchen mit Schwung zu den Nachbarjungen. Tagsüber haben die beiden Nigás Freunde Niilas und Máhtte am anderen Ende des Sees besucht. Nachdem sie eine Zeit lang zusammen gespielt hatten, bekam Nigá plötzlich Hunger und beschloss, nach Hause zu fahren. Warum nicht, hatte er doch ein so gutes Zugtier vor seinem Schlitten.

Guvge trabt schnell den mit Reisigmarkierungen abgesteckten Weg übers Eis heimwärts, nur ab und zu muss er an diesen Wegmarken pinkeln. Dann muss Nigá seinen Schlitten scharf anhalten, damit das Gefährt stehenbleibt und nicht auf die Pfoten seines Hundes rutscht. Das hält ihn aber auch wach, denn er ist vom Spielen mit den Nachbarjungen sehr müde geworden.

Nigá wirft auf dem Rückweg den Blick auf ein Haus am Seeufer, weil dort ein aufgeregtes Treiben herrscht.
»Was ist denn mit den Leuten los, weil sie uns mit dem Fernglas beobachten?« Nigá reckt sich und lächelt vor sich hin.
»Ásllat und Áile, unsere Nachbarn, beneiden mich bestimmt, weil sie sehen, dass ich einen so guten Schlittenhund besitze. Ásllats Suivakka, sein gelbgraues Rentier, würde bei einem Wettrennen kaum mit Guvge mithalten können, denkt er erfreut und feuert seinen Hund zu noch schnellerem Traben an.
»Schaut nur zu, wie ich fahre! Ich brauche keine Angst zu haben, weil ich einen so großen und kräftigen Hund habe!« In diese angenehmen Gedanken vertieft kommt er rasch seinem Zuhause näher. Er weiß, dass dort eine leckere Fleischsuppe und frisch gebackenes Fladenbrot auf ihn warten. Nigá verspürt, wie sein Appetit größer wird und ihm das Wasser im Mund zusammenläuft.

***

Plötzlich bremst der Hund in vollem Galopp und Nigá muss blitzschnell darauf achten, dass der Schlitten nicht in die Läufe seines Hundes fährt. Nigá bemerkt, wie der Hund Witterung aufnimmt, seine Haare sich hochstellen und wie er hektisch an den Spuren schnüffelt. Der Hund markiert noch ein Reisigbüschel und folgt dann schnell der Fährte in Richtung Seeufer.

»Wölfe!«, schreit Nigá und versucht mit aller Kraft, den Hund zu stoppen. Der Hund läuft trotzdem immer schneller und unbeirrt weiter.
»Guvge! Bleib stehen, Guvge!« brüllt Nigá laut, als er sieht, dass ein großes Wolfsrudel am Seeufer stehengeblieben ist und auf sie beide wartet. Nigá hat das Gefühl, als ob Guvge ahnt, dass am Ufer der sichere Tod auf ihn wartet und Nigás Leben somit auch gefährdet ist. Nur mit Müh und Not kann Nigá im Schlitten sitzenbleiben, weil der Schlitten bei dem schnellen Tempo hin und her geworfen wird.

Nigá bemerkt entsetzt, wie der Abstand zu den Wölfen kleiner und kleiner wird. Er stellt sich vor, dass er aus dem Schlitten springen und Guvge davonlaufen lassen könnte. Aber er ahnt bereits, was dann mit dem Hund passieren würde, falls das Wolfsrudel ihn zu fassen bekommt.
»Nein, meinen Hund fresst ihr nicht!« Nigá umfasst den Schlitten mit letzten Kräften, schlägt seine Fellschuhe in eine Schneewehe und wickelt gleichzeitig den Zügel um seine Hand.
Erst dann bleibt Guvge keuchend stehen und beginnt, nach etwas Schnee zu schnappen. Nigá blickt zu den Wölfen und bemerkt erleichtert, dass sie nach und nach in Richtung einer Anhöhe verschwinden. Der Hund will noch hinterherlaufen, aber der tiefe Schnee am Seeufer erschwert seinen Versuch, und schließlich gibt er die Verfolgung auf. Nigá muss noch lange seinen Hund antreiben, um mit ihm nach Hause fahren zu können.

***

Nigás Gedanken kehren bis in die Morgenstunden hinein immer wieder zu dem Wolfsrudel zurück, bis endlich der Schlaf den Abenteurer überwältigt. Er träumt von Wölfen, die Nigás Hundeschlitten umzingeln. Der Kreis wird enger, und die

Raubtiere nähern sich dem Hund, der sich unter Nigás Achsel schmiegt. Nigá drückt seinen lieben Freund fest an sich und schreit, als würde es ums Überleben gehen.
»Lasst meinen Hund in Ruhe!«
»Was schreist du? Wer hat deinen Hund angegriffen?«
Nigá springt mit seinem Hund aus dem Bett und sieht, dass sein Vater am Tisch sitzt.
»Die Wölfe haben Guvge beinahe gefressen«, antwortet Nigá verwirrt und setzt sich wieder auf sein Bett.
»Naja, du hast ja gestern die Wölfe gesehen«, spricht der Vater ruhig mit ihm und setzt sich neben seinen Sohn.
»Die Wölfe sind jetzt aber bereits sehr weit von hier und bedrohen weder dich noch Guvge.«

Die Mutter ist ebenfalls von dem Lärm wach geworden und eilt nach oben, um zu schauen, was bei den Männern los ist.
»Hast du schlecht geträumt? War in deinem Traum alles genauso gefährlich wie gestern?«, fragt sie besorgt.
»Es war noch viel schlimmer. Die Wölfe wollten gerade Guvge angreifen«, erklärt der Sohn.

Am nächsten Morgen stürzt Ásllat in die Stube. Nigá sah ihn und seine Frau Áile gestern, wie sie ihn von ihrem Hof aus mit dem Fernglas beobachteten. Àsllat beginnt sofort zu erklären:
»Gestern wurde Nigá beinahe von den Raubtieren gefressen. Ich habe das mit Áile mit dem Fernglas beobachtet und hatte wirklich Angst, dass ihm was geschieht. Nigá war wirklich mutig, als er im Schlitten blieb und den Hund zum Stehen brachte«, lobt Ásllat zum Schluss.
Nigá fühlt, wie sein Selbstwertgefühl steigt. Er lässt seinen Hund nach draußen und eilt zum Frühstückstisch.

Áhkkus Versteck

»Ist Großmutter so weit gewandert, um ihren Schatz zu verstecken?«, fragt sich Nigá, als er sich dem Hügel Njoammelvárri nähert. »Hier scheint sich aber eine ähnliche Felsenschlucht zu befinden, wie ich sie in meinem Traum gesehen habe. Vielleicht liegt der Schatz genau hier versteckt?«

»Áhkku besaß viele Goldmünzen und schöne Broschen, als sie mit einem reichen Mann verheiratet war und später Witwe wurde«, erzählt die Mutter, während sie ihren Sohn zu Bett bringt.
»Mutti, wo sind die Goldmünzen und Broschen hingekommen?«, fragt der Junge und hebt seinen Kopf vom Kissen hoch.
»Leg dich wieder hin, ich erzähle dir dann mehr über deine Áhkku«, sagt die Mutter zu ihm und fährt fort:
»Als Áhkku alt wurde und körperlich nicht mehr so rüstig war, stieg sie einen Hügel hinauf und versteckte dort alles.«
«Mutti, welchen Hügel?«
»Die Erhebung liegt nicht weit weg von hier, man nennt sie Njoammelvárri. Da gibt es gute Plätze zum Verstecken, da ist Áhkkus ...«

Daraufhin wird Njoammelvárri zu einem nächtlichen Abenteuerplatz, auf dem Nigá die ganze Nacht nach Áhkkus Versteck sucht. Der Junge findet in seinem Traum viele Goldschätze und Schmuckstücke, die Áhkku, verwahrt in einem kleinen eisernen Kochtopf, in einer Felsenschlucht versteckt hatte. Als Nigá aufwacht, sind die Goldstücke und Schmucksachen wieder verschwunden.
»Das war wohl alles nur ein Traum«, stellt er fest und springt aus seinem Bett. Er zieht sich schnell an und läuft nach draußen, um seine Mutter zu suchen. Elle, seine Mutter,

kommt vom See und schiebt einen Schlitten mit Wasserbehältern in Richtung Kuhstall. Sie bleibt an der Haustür stehen. Nigá wartet auf sie.
»Mutti, Mutti, jetzt weiß ich, wo Áhkkus Schatz versteckt ist! Ich habe es im Traum gesehen, wo sich der Schatz befindet. Der liegt in einer Felsenschlucht auf Njoammelvárri.«
»Ach so. Prima!«, japst die Mutter und schiebt ihren schweren Schlitten noch die letzten Meter über den Hof.

Die Mutter hat es eilig, wie meistens, wenn Nigá ihr etwas Wichtiges erzählen will. Er möchte noch weiter von seinem Traum berichten, aber sie beeilt sich, um in den Kuhstall zu kommen, und beginnt dort, den Stall auszumisten.

***

Am Tag darauf steigt Nigá die nahegelegene Anhöhe hinauf und setzt sich auf einen Erdhaufen, der jetzt im Vorfrühling bereits schneefrei ist. Er schaut sich um und sieht überall glitzernde Schneewehen, die der Nachtfrost zu Kristalleis gefroren hat. Auch auf anderen Erhebungen in der Umgebung kann man viele schneefreie Stellen sehen, die das milde Wetter geschmolzen hat.

Nigá durchsucht seinen Rucksack, in den er etwas Proviant gepackt hat, bevor er sich auf den Weg machte. Er findet dort sein Samenmesser, ein Stück gedörrtes Rentierfleisch und ein paar Butterbrote. Ihm fällt ein, dass er der Mutter von seinem Ausflug hätte erzählen müssen.
Das konnte er jedoch nicht tun, weil die Eltern gerade mit dem Pferd Heu von der Wiese des Fjälls Stuorrasieđga holten. Na, und Nigá würde ja auch nicht so lange wegbleiben. Er hat geplant, dass er Áhkkus Schatz schnell von der Anhöhe Njoammelvárri holt, weil er den Ort des Verstecks ja bereits ganz genau kennt.

Nach der Essenspause macht er sich auf in Richtung Njoammelvárri. Als Nigá endlich den Hügel erreicht, stellt er besorgt fest, dass der Tag schon recht weit fortgeschritten ist. Er prüft die Tageszeit nach dem Stand der Sonne, genau so wie der Vater es ihm beigebracht hat, und schließt, dass es um die Mittagszeit ist.

Am Abend bin ich aber sicher rechtzeitig wieder zu Hause, denkt Nigá bei sich und besteigt den Berg. Er klettert und klettert, und als er die Felsenschlucht erblickt, die er im Traum gesehen hat, scheint sie gar nicht näher zu rücken. Sie sieht irgendwie auch gar nicht so aus wie in seinem Traum.

Áhkku ist wirklich noch sehr kräftig gewesen, weil sie so weit gewandert ist und sogar den Berg hinaufgestiegen ist, wundert sich Nigá und versucht zäh, sich vorwärts zu kämpfen.

»Oh. Hier gibt es ja doch eine ähnliche Felsenkluft wie in meinem Traum«, schießt es ihm durch den Kopf. Gleichzeitig spürt er, wie die Spannung steigt, und sein Herz beginnt höher zu schlagen.

Nigá durchstöbert neugierig die Felsspalten und schaut unter den Steinblöcken nach, doch Áhkkus Versteck findet er nicht. Er sucht nach einer schneefreien Stelle, setzt sich dort hin und beginnt, etwas zu essen.

Áhkku war wirklich schlau, als sie ihren Schatz versteckte, überlegt Nigá bei sich und kaut am Dörrfleisch herum. »Ich habe nur ein paar alte Vogelnester gefunden. Wo hat sie bloß ihren Schatz versteckt?«

»Hallo Nigá!«, hört man von weitem jemanden rufen.

»Vater!«, ruft Nigá zurück und dieser antwortet ihm.

»Ich habe Nigá gefunden«, hört er dann den Vater einer weiteren Person zurufen.

Als die Eltern bei ihrem Sohn ankommen, sieht der Vater sehr besorgt und böse aus. Der Mutter laufen wieder Tränen über die Wangen.

«Warum bist du ohne unsere Erlaubnis fortgegangen?«, fragt sein Vater.
»Ich habe euch nicht gefunden, ihr wart nicht da«, stottert Nigá und verbirgt seine Augen mit der Hand. »Ich wollte nur nach Áhkkus Schatz suchen. Den habe ich nicht gefunden, aber doch etwas anderes, was ich nicht aus der Felsspalte herausziehen konnte«, erklärt Nigá und will seine Entdeckung den Eltern zeigen.
»Hier gibt es etwas aus Eisen«, sagt Nigá und weist auf seinen Fund.

Nun beginnt auch der Vater, sich dafür zu interessieren, und kommt Nigá zu Hilfe, um das Fangeisen für einen Wolf aus dem Spalt herauszuziehen.
»Áhkkus Schatz muss irgendwo hier in der Nähe versteckt sein, weil wir bereits ein Wolfseisen gefunden haben«, freut sich Nigá und wirft sich seiner Mutter in die Arme. Der Junge bewahrt für immer in seinem Gedächtnis das Bild der Tränen der Mutter, wie sie über ihre Wangen auf den Schnee tropfen und zu kleinen Eisperlen gefrieren, die im Schnee erglänzen.

Der Hahn

Der Hahn greift Nigas Lieblingshuhn an und packt es beim Kamm.
Jetzt tötet er bestimmt mein Huhn, denkt Nigá ganz entsetzt und rennt dem Huhn zu Hilfe.

Nigá sitzt auf einem Sack voll Heu im Vorraum des Kuhstalls und beobachtet, wie sich die gerade gekauften Hühner und der Hahn in ihre neuen Umgebung eingewöhnen. Damit sie sich auch wohlfühlen, hat Mihkku, ein Nachbarjunge, in einer Ecke des Vorraums eine richtige Sitzstange gebaut. Die Vögel setzen sich der Rangordnung nach auf diese Stange, weil sie sich dort sicher fühlen.

Das schwarze Huhn sitzt nun in der Mitte. Zu seiner Linken sitzt ein Huhn, das die Chefin der Hühnerhorde zu sein scheint. Niga findet, dass es von seinem Verhalten her der Frau des Nachbarn, Gutnel, ähnelt, die auf gleiche Weise gackert. Außerdem kommandiert das Huhn genauso wie Gutnel.

Rechts von dem schwarzen Huhn hat sich ein schönes, buntes Federvieh gesetzt, von dem Nigá besonders begeistert ist. Der Hahn hat einen würdigen Platz über den Hühnern auf einem Wandvorsprung gefunden, wo er sich präsentiert, dabei seinen Hals lang streckt und die Schwanzfedern spreizt. Sein Kopf sieht dem Kopf seines Vaters etwas ähnlich, wenn der seine vierzipflige Mütze aufsetzt und sich auf den Weg zur Kirche nach Buolbmát macht.

Nigás träumerische Gedanken werden jedoch jäh unterbrochen, als die Mutter ihn auf den Hof schickt, um Reisigstücke als Brennholz für den Futterkessel zu hacken.

»Hol vom Vorrratsgestell noch ein paar Flechtenklumpen für das Viehfutter«, fordert die Mutter ihren Sohn auf. »Als kräftiger junger Mann schaffst du das doch«, fügt sie noch hinzu. Nigá wirft noch bittend einen Blick auf die Hühner, die ihn aber ebenso gackernd an die Arbeit treiben.

Auf dem Vorplatz zum Kuhstall wartet ein Haufen Reisigholz, den der Vater am Vortag mit dem Pferd von der Anhöhe geholt hat. Er hat die Fuhre neben einem Hauklotz abgeladen, wo auch eine Axt bereits auf Nigá wartet.

Nigá greift zu der Axt, nimmt ein größeres Aststück in seine Hand und schwingt die Axt ein paarmal lustlos ins Holz. Dann setzt er sich auf den Holzhaufen und betrachtet sein Werkzeug. Mihkku hat mit der Axt in einen Stein geschlagen. In seiner Hand bewegt sich die Axt, wie wenn eine Kuh mit dem Schwanz wedelt, ärgert sich Nigá. Das sieht gar nicht gekonnt aus.

Heute geht aber auch alles schief, denkt er bei sich. Der Hahn jagt die Hühner, springt auf ihre Rücken und versucht, sie zu töten. Obwohl Nigá seine Mutter schon öfters darauf aufmerksam gemacht hat, lächelt sie nur geheimnisvoll wegen dieser doch wichtigen Sache und versucht überhaupt nicht, ihre Hühner zu schützen.

Nigá nimmt die Axt, schlägt so wütend und seine Zähne zusammenbeißend ins Holz, dass es sich schließlich doch kleinhauen lässt. Es dauert aber eine ganze Weile, bis der Holzhacker einen guten Haufen Reisigholz vor sich hat, sodass die Mutter nun den Futterkessel zum Kochen bringen kann. Dann stapft er im Schnee zum Vorratsgestell, nimmt ein paar Flechtenklumpen herunter und schleppt sie in den Kuhstall.
»Würdest du bitte das Kalb tränken, weil es Milch braucht«,

bittet ihn seine Mutter und gibt Nigá einen Milchtopf. Der Junge nimmt das Trinkgefäß und geht zum Kalb, das an einer Stallwand stehend mit herausgestreckter Zunge auf Milch wartet. Nigá kann mit Mühe und Not den Napf in seiner Hand festhalten, ohne dass er die Milch verschüttet. Das Kalb trinkt so heftig, als würde es Muttermilch saugen.

Der Junge kehrt in den Vorraum des Kuhstalls zurück, in dem es einen großen Ofen und einen Futterkessel gibt. Dort macht die Mutter gerade Feuer.
»Du hast aber viel Reisigholz gespalten. Mit diesem Holz bekommen die Tiere morgen ein gut zubereitetes Futter«, lobt die Mutter ihren Sohn und geht schnell zu ihren Kühen.

***

Nigá ist wieder bei den Hühnern, um ihr Treiben zu beobachten. Der Hahn fliegt von seinem Königsplatz auf den Fußboden, und die Hühner springen hinter ihm her. Im gleichen Moment greift der Hahn Nigás Lieblingshuhn an, packt es beim Kamm und scheint es töten zu wollen.
Ich glaube, jetzt tötet er mein Lieblingshuhn, denkt Nigá entsetzt, eilt zu Hilfe und gibt dem Hahn einen Tritt, sodass die Federn nur so fliegen. Der Streithahn fällt auf den Boden, steht aber im Nu wieder auf, fliegt auf seinen Ehrenplatz wie ein König und beginnt, einen furchtbaren Lärm zu machen.

Nun zieht sich der Friedensschlichter klug aus dem Kuhstall zurück und läuft wieder in die Stube.
»Vati, der Hahn hat mein Huhn fast getötet, aber zum Glück war ich dabei und konnte es retten.«
»Ich habe den Lärm gehört und schon gedacht, dass im Kuhstall etwas los sein muss«, antwortet der Vater lächelnd und fährt erklärend fort:
»Mein Sohn, die Hühner legen keine Eier, wenn der Hahn

seine notwendige Arbeit nicht macht. Oder vielleicht würden sie auch Eier legen, aber aus diesen Eiern schlüpfen keine lebendigen Küken, obwohl die Henne brütet. Es ist fast das Gleiche, wie du ja schon gesehen hast, was der Bulle mit einer Kuh macht oder der Schafbock mit einem Schaf«, erklärt der Vater Nigá.

»Warum muss er das Huhn am Kopf ziehen? Der Bulle und der Schafbock machen doch so etwas auch nicht. Das tut dem Huhn doch weh«, beharrt Nigá.

»Es kann vielleicht etwas weh tun, aber das Huhn mag ja den Hahn«, versucht der Vater zu beschwichtigen, aber der Junge scheint mit dieser Erklärung nicht so ganz zufrieden zu sein.

***

Wie gewohnt setzt sich Nigá auf die Treppe, um über alles nachzudenken, was seiner Meinung nach wichtig ist. Schließlich geht er in den Kuhstall, wo sich der Hahn bereits wieder beruhigt hat und auf seinem Beobachtungsposten hockt. Vorsichtig nähert sich der Junge dem Krakehler, der sich auf der Hühnerstange in seiner ganzen Pracht aufrichtet.

»Verzeih mir, dass ich dich getreten habe«, flüstert der Junge und weicht wieder etwas zurück. Der Hahn wackelt mit dem Kopf, streckt seinen Hals und gibt einen eigentümlichen Laut von sich.

Ich glaube, er hat mir die Beleidigung jetzt verziehen, denkt Nigá und verlässt den Kuhstall.

Der Saibling in der Fangschlinge

Plötzlich bemerkt Nigá einen großen Saibling, der direkt auf ihn zu schwimmt.
Die Spannung des Anglers wird nun immer größer und dieses Gefühl ist kaum noch auszuhalten.

Nigá sitzt auf einem Erdhaufen an einem Bach und schaut zu, wie der Bach langsam in Richtung eines größeren Gewässers fließt. Er hält einen Stock in der Hand, an dessen Spitze eine Fangschlinge hängt. Sein Großvater hat ihn gelehrt, wie man mit einer Fangschlinge auf diese Weise Fische fangen kann, wenn man beim Wandern Appetit auf einen Fisch bekommt. Und nun wartet Opas Lehrling Nigá, seine Schlinge in den Bach haltend, erwartungsvoll darauf, dass er einen Fisch erwischen kann, vielleicht sogar einen Saibling.

Nachdem er lange und ganz leise am Bach gesessen und auf seinen möglichen Fang gewartet hat, spürt er Zeichen von Gefühllosigkeit in Armen und Beinen. Diese Erschöpfung breitet sich langsam vom Po zu den Füßen und über die Schulter im ganzen Körper aus. Zudem beginnen die Stechmücken ihn zu plagen, obwohl er den Ratschlag seines Vaters befolgt hat und Gesicht und Hände mit harzigem Pechöl eingeschmiert hat. Am schlimmsten ist für ihn die Bremse, die seinen Nacken erwischt hat. Fast hätte er die Bremse totgeschlagen und damit gleichzeitig die Fische verjagt.

Auch ein Goldregenpfeifer besucht Nigá am Bachlauf. Der Vogel setzt sich neben ihn und zwitschert mit seiner traurigen Stimme ganz so, als ob er den Angler verspotten würde. Zum Glück fliegt ein Kuckuck am Ufer gegenüber auf einen Holzstamm. Wenn man im Frühling die ersten Kuckucksrufe hört, sagt einem die Zahl der Rufe, wie lange man noch zu leben hat, erzählte Áddjá ihm einmal. Nigá zählt nun: »... acht-

undfünfzig, neunundfünfzig.« Danach beginnt der Vogel, sich zu räuspern und beendet seinen Kuckucksruf.
Naja, ich habe ja noch reichlich Lebensjahre vor mir, bedenkt Nigá, obwohl er an die Prophezeiung des Kuckucks eigentlich nicht so richtig glaubt.

»Das hat mir gerade noch gefehlt«, jammert Nigá, als sich eine Krickente am Bach niederlässt. Zum Glück bemerkt sie den Angler sofort und fliegt schnell davon. Obwohl es schon so viele Störungen gegeben hat, will Nigá trotzdem nicht aufgeben. Áddjá hatte ihm schließlich erzählt, dass er gerade in diesem Bach immer so viele Fische mit einer Fangschlinge bekommen hat, wenn er keine anderen Fanggeräte dabei hatte. Und weil es in diesem Wasserlauf richtig große Saiblinge gibt, kann er sich gedulden und so lange bewegungslos auf seinem Platz hocken bleiben.

***

Plötzlich bemerkt Nigá einen großen Saibling, der direkt auf ihn zu schwimmt. Die Spannung des Anglers wird nun immer größer und dieses Gefühl ist kaum noch auszuhalten.

Der Saibling scheint jedoch keine Eile zu haben. Er schwimmt zur Wasseroberfläche und schnappt sich ein Insekt, als ob er Nigá damit ärgern möchte. Dann verschwindet er unter einen Torfhügel am Ufer gegenüber, um bald erneut aufzutauchen. Das Wasser ist glasklar, und Nigá sieht den Saibling auf dem Boden des Baches nach etwas stöbern.

Nigá verfolgt genau jede Bewegung des Fisches und hofft, dass der Saibling näher zu ihm schwimmt, damit er seine Fangschlinge um den Fisch legen kann. Nigá findet, dass eine halbe Ewigkeit vergeht, bis der Saibling endlich nahe genug kommt.

Jetzt wäre er eigentlich in einer passenden Fangentfernung, aber dieser verdammte Fisch schwimmt immer noch zu tief, überlegt Nigá. Er kann die Fangschlinge nicht tiefer eintauchen lassen, denn sonst würde die Spitze des Stockes die Wasseroberfläche berühren.

Zum Glück wundert sich der Saibling über die unter dem Wasser liegende, runde Drahtschlinge und schwimmt jetzt, neugierig geworden, langsam heran.
Wenn er doch bloß noch ein klein wenig weiterschwimmen würde, hofft Nigá voller Ungeduld.
Er hört gleichzeitig in seinen Ohren, wie sein Herz aufgeregt schlägt. Nigá kann es nicht mehr aushalten und legt nun die Fangschlinge vorsichtig um den Fisch herum. Ein fester Ruck und sofort spürt Nigá an seinem Stock, wie der Fisch in der Schlinge zappelt. Nigá zieht seinen Fang in ein am Ufer wachsendes Zwergbirkengebüsch und stürzt ihm sofort hinterher, um zu verhindern, dass der Fisch wieder ins Wasser zurückspringt. Er löst den Fisch aus der Schlinge, erschlägt ihn und beginnt dann, seinen Saibling zu bewundern.

***

Nigá hat die Eingeweide des Fisches entfernt und schaut jetzt zu, wie das Herz des Fisches immer noch pocht, obwohl es nicht mehr im Körper des Fisches ist. Nigá ist dem Zauber seines Fisches so erlegen, dass er den einsamen Wanderer gar nicht bemerkt, als der neben ihn tritt.
»Schläfst du?«, hört er jemanden sagen.
Nigá schaut sich erschrocken um und ruft: »Vater!«
»Hast du einen so großen Saibling gefangen? Der ist aber schön!«, lobt ihn sein Vater. Der Vater schneidet eine verzweigte Birkenrute ab und steckt den Fisch durch seine Kiemen daran fest. Dann macht er sich mit dem stolzen Schlingenangler Nigá auf den Weg nach Hause. Als Nigá

dann versucht, hinter seinem Vater herzugehen, merkt er erst so richtig, wie anstrengend ein so langes Stillsitzen sein kann. Denn er spürt, wie schwerfällig sein Körper sich fortbewegt.

King of the Royal Mounted

Plötzlich hört man ein lautes, metallisch klingends Klappern vom Nachbarhaus. Lea, Nigás Pferd, bekommt Angst und beginnt, mit ganzer Kraft in hohem Tempo nach Hause zu galoppieren. Nigá klammert sich erschrocken an die Mähne des Pferdes und versucht sich so gut es geht an ihr festzuhalten.

Nigá sitzt untätig auf der Treppe herum und beobachtet, wie die beiden Pferde des Hauses, Poju und Lea, auf der Wiese grasen. Poju ist ein junger Wallach, ein kastriertes Pferd, das Nigás Vater während der Zeit der Evakuierung in Alavieska, Ostbottnien, gekauft und vor kurzem nach Hause, nach Buolbmátjávri, gebracht hat. Lea ist eine alte Stute, die dank ihrer eigenen Schlauheit um die Beschlagnahme herumkam. Die deutschen Soldaten versuchten viele Pferde, die auf den Wiesen grasten, von Nordfinnland nach Norwegen mitzunehmen. Aber Lea ahnte ihr künftiges Schicksal und ließ sich auf der Wiese nicht einfangen. Nur deshalb kam sie nicht auf die Speisekarte der deutschen Soldaten, wie es etwa während der Kriegszeit mit den Pferden der Leute in Norwegen geschah.

Lea ist das kleinere und ruhigere Pferd von den beiden. Lea ist Nigás Lieblingspferd. Poju ist viel wilder und kann auf der Wiese so schnell spurten, dass der Schlamm nur so spritzt, wenn er seinen Kopf und seinen Schwanz kräftig hin und her bewegt.

Ich gehe jetzt zu unserem Brotkasten, überlegt Nigá und spekuliert auf einige alte Brotkanten, die keinem mehr schmecken. Er rennt in die Stube und steckt sich gleich ein Brotstück in seine Tasche. Lea ist inzwischen in die Nähe des

Kuhstalls getrottet. Der Junge geht näher zu Lea und bemerkt, dass ihre Zügel über einem Zaun hängen, der den mit Grassoden bedeckten Kuhstall schützen soll. Ohne diesen Zaun würden die Kühe und besonders der Bulle das Rasendach mit ihren Köpfen kaputt stoßen und somit den ganzen Kuhstall zerstören.

Ich versuche jetzt mal, Lea Geschirr und Zaumzeug anzulegen, kommt es Nigá plötzlich in den Sinn. Mit einem Brotkanten als Köder gelingt ihm das gut. Er findet noch einen passenden Strick, der als Zügel für sein Reitpferd gut geeignet ist. Nigá klettert aufs Dach des Kuhstalls, damit er sich besser aufs Pferd setzen kann, und schaut sich ein wenig um, ob jemand das bemerkt hat. Der Vater scheint ins Holzhacken vertieft zu sein, und die Mutter dürfte gerade die Kühe auf die Weide führen.

Nigá zieht an Leas Zügel und schlägt den gleichen Kommandoton an wie sein Vater im Winter bei den Schlittenfahrten. Das Pferd beginnt in Richtung Nachbarhaus zu trotten. Nigá sitzt auf seinem Pferd in aufrechter Haltung wie ein Held in seinen Comic-Heften. Er stellt sich vor, der berittene kanadische Polizist zu sein, der sein großes Idol ist. Aber Lea, das Reitpferd des Polizisten, interessiert sich mehr für das leckere Gras als für ihre Rolle als tolles Reitpferd und steckt ihr Maul lieber ins Grün.
Na, vorwärts mit dir, kommandiert Sergeant King sein Pferd und zieht dabei Leas Zügel straff an. Das Pferd macht einige wenige Schritte und bleibt dann stehen, um sich weiter den Bauch mit Gras vollzuschlagen.
»Du Faulpelz, jetzt geht's weiter im Schritt«, kommandiert Nigá sein Pferd. Lea läuft eine kleine Strecke, aber entdeckt ein leckeres Grasbüschel und beginnt wieder, nach etwas Fressbarem zu schnappen.

Plötzlich hört man ein lautes Klappern vom Nachbarhaus, als die Bäuerin einen Blecheimer ausschüttet, der halbvoll mit Steinen gefüllt ist. Das pflegte sie bereits früher zu tun, um die Pferde zu erschrecken. Lea bekommt Angst und galoppiert Volldampf voraus Richtung nach Hause. Nigá klammert sich erschrocken an die Mähne des Pferdes und versucht mit aller Kraft, sich an ihr festzuhalten. Poju huscht wie ein Schatten vorbei und Lea stürzt ihm nach. Im Galopp geht es unter einer Wäscheleine hindurch. Der Reiter bleibt aber an ihr hängen und dreht sich wie ein Windmühlenflügel. Auf einmal kann Nigá nichts mehr sehen.

Bin ich jetzt blind geworden, fragt sich Nigá, als er zu Boden stürzt. Nigá, King of the Royal Canadian Mounted Police, nimmt den Schulterumhang von seinen Augen, den die Mutter am vorigen Tag gewaschen und zum Trocknen aufgehängt hatte. Nigá rappelt sich auf, wischt sich ausgerissene Mähnenhaare des Pferdes von den Händen und humpelt in Richtung Wohnstube. Die Mutter rennt mit flatterndem Rock zu dem Helden. Der Vater dagegen nähert sich mit ruhigen Schritten, so wie das seine Art ist.
»Hast du dir wehgetan?«, fragt die Mutter ganz außer Atem.
»Nein, ich glaube nicht«, antwortet Nigá und wischt sich schnell die Tränen ab. Sergeant King darf doch weder weinen noch humpeln. Er muss ja auch seine schmutzige Jacke reinigen, bevor er anderen Leuten begegnet. Der Vater versucht, Lea zu beruhigen, aber vergebens.
Nigá geht erhobenen Hauptes zu seinem Pferd, hält es fest und blickt kurz zu seinem lächelnden Vater. Nigá, der junge Reiter, wird dieses besondere Erlebnis auf ewig in Erinnerung behalten.

Nigá und der Fuchs

Nigá hat eine Bachforelle an der Angel, die der Junge so schwungvoll aus dem Wasser zieht, dass der Fisch direkt auf einen Birkenzweig fliegt und dort hängenbleibt. Ein Fuchs watet gerade durch den Bach, sieht den Fisch im Geäst hängen und will sich nun mit Nigá die Beute teilen.

Nigá sitzt auf einem Uferstein des Sees Buolbmátjávri, plantscht mit seinen Füßen im Wasser und beobachtet die Wellen, die am Seeufer langsam auslaufen. Er ist traurig, weil seine Eltern ganz an das andere Ende des großen Sees gegangen sind, um dort Flechten zu sammeln. Sie haben ihn zu Hause allein zurückgelassen. Eine große Verantwortung lastet jetzt auf seinen jungen Schultern: Die Kühe müssen gemolken werden, wenn sie denn überhaupt vom saftigen Weideland nach Hause kommen wollen. Denn dort auf ihrem Weidegrund gibt es so viele Pilze, mit denen sie sich gierig den Magen füllen möchten, ärgert sich Nigá, als er seine Füße auf einem Stein trocknen lässt.

Daheim geht Nigá verdrossen zu einer Ecke ihrer Wohnstube, nimmt von dort seine Angel, klemmt sie sich unter den Arm und macht sich auf den Weg. Er läuft am Rande des Bachlaufs den Pfad stromaufwärts bis zur ihm bekannten kleinen Bucht, wo er schon öfters seine besten Forellenfänge gemacht hat.

***

Der erste Angelwurf bereitet ihm immer Freude und lässt sein Herz höher schlagen. Besonders jetzt ist er sehr empfindsam, weil er allein zu Hause ist. Als sein Köder die Wasseroberfläche berührt, beißt sogleich eine Bachforelle an. Nigá zieht seine Angel so schwungvoll heraus, dass der Fisch im hohen Bogen auf einen Birkenzweig fliegt und dort zappelnd hängenbleibt. Der junge Angler stellt fest, dass die Bachforelle allerdings so hoch hängt, dass er so ohne Weiteres nicht an den Fisch herankommen kann. Nigá traut sich auch nicht, an der Schnur zu ziehen, denn wenn er Pech hat, fällt seine gute Angel ins Wasser oder geht kaputt.

Nigá überlegt und merkt, dass sich jemand auf den Ufersteinen bewegt. – Ein Fuchs!
Als Reineke Fuchs durch den Bach watet, sieht er die Bachforelle auf dem Zweig zappeln. Nigá erstarrt unter der Birke fast zur Salzsäule, sodass er beinahe zu atmen vergisst.
Der Fuchs pirscht sich an den zappelnden Fisch heran, aber das kann der Angler nicht mit ansehen und zulassen. Nigá springt auf den Räuber zu und schreit aus Leibeskräften: »Wie, meinen Fisch willst du jetzt fressen?«

Das Rotfell erschrickt so sehr, dass es ihm nicht mehr gelingt, auf einen naheliegenden Stein zu springen, sondern es plumpst direkt in den Bach. Nigá schnappt sich einen Stein und versucht, damit den Fuchs zu treffen. Der Fuchs kommt aus dem Wasser heraus, schüttelt sein nasses Fell und entwischt unter einen Busch, wo er Schutz sucht. Nigá bleibt am Ufer stehen und wundert sich, warum dieser Fuchs ihn so nervös gemacht hat, denn er hat doch schon so manches Mal Füchse auf dem Gelände ihres Bauernhofs gesehen.

***

Endlich beruhigt sich der Angelfreund und überlegt sich einen Plan, wie er seinen Fisch vom Baum herunterbekommen könnte. Als er eine Zeitlang am Fuße des Baumes herumgelaufen ist, entscheidet er sich für folgende Lösung: Er will nun auf den Baum klettern und versuchen, sowohl den Köder als auch den Fang zu retten.

Nigá kraxelt vorsichtig hoch zum Birkenzweig, an dem die Bachforelle hängt. Aber als er der Baumspitze näher kommt, beginnt die Birke, sich bedrohlich Richtung Bach zu neigen. Der Junge umfasst den Baumstamm und hält sich mit beiden Händen an der Birke fest. Gleichzeitig blickt er kurz nach unten und spürt in seinem Inneren, wie ihn die Höhenangst übermannt. Nigá schaut nach oben und sieht, wie sich die Wolken am Himmel bewegen. Ihm wird bewusst, dass die Birke sich bedrohlich zum Bach hinbiegt. Der Junge schließt seine Augen und bleibt an der Birke hängen.

Erst nach einer Weile traut sich Nigá wieder, die Augen zu öffnen, um seine Lage zu überblicken. Zu seiner Erleichterung bemerkt der Junge, dass der Zweig, an dem der Fisch hängt, doch ganz nahe ist. Nachdem Nigá zunächst versucht, den Zweig mit der Hand abzubrechen, fällt ihm plötzlich ein, dass er ja sein Messer am Gürtel trägt, das er dort befestigt hatte, kurz bevor er sich auf den Weg machte. Mit dem Messer kann er nun viel leichter den Birkenzweig abschneiden.

Der Zweig fällt schließlich herab. Der Petrijünger klettert von der Birke herab und löst sowohl den Fisch als auch den Köder aus dem Geäst.Nigá schaut sich noch einmal um, um sich zu vergewissern, dass der Fuchs nicht versteckt auf der Lauer liegt, bevor er sich wieder auf den Weg nach Hause begibt.

Áhkkus Anglerhose

»Mutti! Mutti! In Áhkkus Hose sind viele Fische hineingeschwommen!«, ruft Nigá.
»Rede doch keinen Unsinn«, schimpft seine Mutter, hört auf, das Pedal ihres Spinnrads zu treten und wirft ihrem Sohn einen tadelnden Blick zu.

»Mutti, Mutti, in Áhkkus Hose sind viele Fische hineingeschwommen!«, ruft Nigá und stürmt begeistert in die Stube.
»Rede doch keinen Unsinn«, schimpft seine Mutter und hört auf, das Pedal ihres Spinnrads zu treten.
»Doch, doch, Áhkkus Hose hat sich mit Fischen gefüllt! Wir haben statt Moltebeeren viele Fische bekommen«, behauptet Nigá.

Áhkku, Nigás Großmutter, die eigentlich Ánne heißt, erscheint lächelnd an der Tür, stellt einen leeren Moltebeereneimer auf den Tisch und setzt sich an den Herd. Nigá bittet sie, die große Ausbeute an Fischen vorzuzeigen, damit seine Mutter sehen kann, dass Nigá und Áhkku einen Rucksack voll Fische bekommen haben und keine Moltebeeren, die sie eigentlich sammeln wollten.
Auch der Vater hat inzwischen das Zimmer betreten: »Ihr habt aber eine mächtige Menge an Beeren gesammelt! Ich habe versucht, den Rucksack hochzuheben, aber er war so schwer, dass ich ihn kaum bewegen konnte«, bemerkt er verwundert.
»Da sind keine Moltebeeren drin, sondern Fische«, erklärt Nigá.
Áhkku schweigt und konzentriert sich ganz aufs Kaffeetrinken. Sie lächelt und macht ein schlaues Gesicht. Weil die Eltern Nigá nicht glauben, bleibt ihnen nichts übrig, als hinauszugehen und Áhkkus Rucksack aufzuschnüren. Und welch ein Wunder! Der Rucksack ist tatsächlich bis zum

Rand gefüllt mit großen Saiblingen. Das ist kaum zu glauben, denn die Moltebeerensammler hatten gar kein Angelgerät dabei! Der Rucksack aber quillt über von Fischen.

Nigá beginnt, von seinem Beeren-Ausflug mit Áhkku zum See Skáidejávri zu erzählen:
»Ich hatte bereits das Flüsschen Skáidejohka überquert und wartete am anderen Ufer. Als Áhkku losging, rutschte sie auf einem glatten Stein aus und plumpste mitten im Fluss ins Wasser. Ich konnte mir das Lachen kaum verkneifen, als sie wie ein kleiner Vogel im Wasser plantschte. Bald darauf bekam ich aber Angst, weil sie nicht gleich aufstehen konnte. Doch dann kam sie wie eine Robbe ans Ufer und schimpfte im Zorn mit kräftigen Schimpfworten, an die ich mich jetzt gar nicht mehr traue zurückzudenken. Muss ich doch auch nicht wiederholen, oder Mutti?«
Nigá bemerkt sehr wohl, dass seine Mutter sich sehr anstrengen muss, um ernst zu bleiben. Nun hat es Áhkku plötzlich eilig und geht hinaus. Die Mutter ist jetzt doch sehr neugierig geworden und will mehr über Nigás Fischzug wissen.

»Und dann?« fragt sie wissbegierig.
»Na, wir wanderten zusammen zum See und Áhkkus Kleider waren patschnass. Sobald wir dann mit dem Ruderboot auf der Insel und bei der Torfhütte dort ankamen, zog Áhkku ihre Unterhose aus und hing sie zum Trocken auf einen Birkenzweig. Ich bekam den Auftrag, gleich ans Ufer gegenüber zu rudern, um nachzuschauen, ob es auf der Moorfläche dort Moltebeeren gibt.

»Na, gab es dort Moltebeeren?«, fragt die Mutter weiter.
»Ja, es gab welche, aber die waren alle noch nicht reif genug«, setzt Nigá fort und versucht, mit den Händen gestikulierend, sich verständlich zu machen. »Danach sah ich in dem Wasserlauf, der durch das Moor fließt, viele große Fische.«

»Was machten denn die Fische da?«
»Sie waren einfach dort, überall im Bach gab es ganz viele Fische.«
»Und du, bist du dann zurück zu Áhkku gegangen, um ihr davon zu berichten?«
»Natürlich.«
»Was sagte denn Áhkku dazu?«, befragt die Mutter ihren Sohn weiter und geht zu ihm.
»Áhkku wollte mir zunächst gar nicht glauben. Doch dann hat sie es endlich doch geglaubt«, erklärt Nigá, aber langsam hat er die Befragung durch seine Mutter satt.

Aber als die Flut ihrer Fragen schließlich endet, erzählt Nigá die Geschichte weiter:
»Na, ich schlug Áhkku vor, dass wir aus ihrer großen Unterhose, die da auf dem Birkenzweig hing und bereits nass war, ein Fischfanggerät bauen könnten. Wir müssten lediglich die Hosenbeine zusammenbinden, die Hose in den Bach legen und die Fische in die Falle treiben. Zuerst war Áhkku nicht so begeistert von der Hosenfalle. Aber nachdem ich eine Zeitlang geduldig erklärt hatte, dass dieses Fanggerät bestimmt gut funktioniert, begann sie sich immer mehr für diese Idee zu begeistern.«

»So wurden wir Moltebeerensammler plötzlich Fischer. Wir banden die Hosenbeine einfach zusammen, gingen zum Bach und legten unser Fischfanggerät zu den Saiblingen ins Wasser. Ich ging stromaufwärts und bewegte meinen Stock so durch das Wasser, dass die Fische aufgescheucht wurden. Áhkku stand breitbeinig im Bach und hielt die zwei Stöcke fest, an denen die Hosenreuse hing. So war die Hosenfalle bereit zum Einsatz. – Aber oh je, wie sich die Fische erschreckt haben und in Richtung Áhkkus Unterhose stürzten«, erzählt Nigá und freut sich immer noch mächtig über dieses Spektakel.

»Danach rasten die Fische nur so mit Volldampf voraus in Áhkkus Hose«, versichert Nigá mit leuchtenden Augen und untermalt seine Rede mit wilden Gesten.

»Wirklich! Und was passierte dann?«, fragt die Mutter.
»Áhkku fiel hin und plantschte heftig im Wasser herum. Ich lief ihr zu Hilfe und wir zogen gemeinsam die vielen Fische samt Áhkkus Hose aus dem Bach ans Ufer. Wir hatten Fische in Hülle und Fülle! Zum Glück hat Áhkku einen breiten Hintern und trägt eine große Hose«, erklärt Nigá und macht dabei ein ernstes Gesicht. Er sieht, dass seine Mutter ihm bereits den Rücken zugekehrt hat und jetzt so tut, als ob sie etwas macht.
»Du meine Güte! Das ist doch gar nicht möglich«, staunt die Mutter, um etwas zu sagen.

»Nigá hätte die aus der Hose gebastelte Fischfangfalle überhaupt nicht erfunden, wenn er nicht gegen meine Unterhose, die ich zum Trocknen auf einen Birkenzweig gehängt hatte, gelaufen wäre und sich verheddert hätte«, erzählt Áhkku von der Tür aus mit einem Lächeln. Daraufhin ist es Nigá, der schnell aus der Stube nach draußen verschwindet.

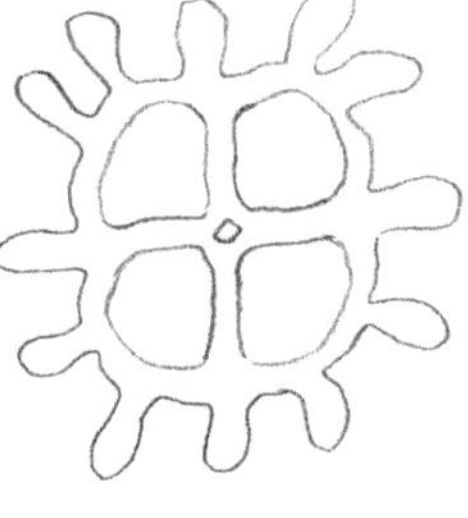

Der Molte-Bär

»Sieh nur Mutti, auf diesem Mooshügel stand gestern ein Bär. Wir sind jetzt zu früh hier, der Bär schläft sicher noch. Aber bald kommt er sicher wieder zurück, sobald er wach wird«, erklärt Nigá seiner Mutter.

»Vati, ich habe mit einem Bären draußen im Moor Árranjeaggi Moltebeeren gesammelt«, erzählt Nigá aufgeregt, noch während er in die Stube stürmt. Er trägt in seiner Hand einen Eimer halb voll mit Moltebeeren als Beweis für seine Geschichte. Lächelnd sieht sein Vater von der Zeitung auf und antwortet: »Ach! War das ein großer Bär?«
»Ja, ein sehr großer«, behauptet Nigá und beginnt, die Moltebeeren aus dem Eimer zu kosten.
»Der Bär sprang auf den Mooshügel genauso wie ich. Er konnte genauso wie ein Mensch auf zwei Beinen gehen«, erklärt Nigá, der Beerensammler, und läuft dann eilig wieder hinaus.

»Der Junge sieht oft alles Mögliche«, wundert sich seine Mutter Elle, als die Tür hinter Nigá zufällt.
»Er könnte bestimmt ein guter Schauspieler werden, weil er so viel Fantasie hat«, meint sein Vater Jovnna und beginnt, eine Wespe zu jagen, die mit Nigá ins Zimmer hereinflog.
»Diese Wespe ist vielleicht Nigás fiktiver Bär. Fliege doch zu deinem Freund zurück«, fährt der Vater fort und scheucht die Wespe aus dem Fenster hinaus.
»Ich gehe morgen vielleicht auch zum Moor Árranjeaggi, um Moltebeeren zu sammeln, bevor die Áhkku, die Großmutter unseres Nachbarn, dort alle Beeren wegpflückt«, überlegt Elle. Gleichzeitig beobachtet sie durchs Fenster, wie ihr Sohn auf dem Hof sein Milchlamm streichelt.

Am nächsten Tag wandern Elle und Nigá auf die besagte Anhöhe und haben natürlich ihre Eimer für die leckeren Beeren dabei. Früh am Morgen mussten seine Mutter und Nigá erst einmal heftig miteinander diskutieren, ob er mitgehen durfte oder ob er beim Vater zu Hause bleiben musste. Nigá musste auch seinen Vater überreden, um überhaupt in die Beeren mitgehen zu dürfen.
»Nigá hat Zeit genug und kann doch mitgehen, Beeren zu pflücken«, beruhigte der Vater die Mutter und schaute seinen Sohn liebevoll an.
»Eigentlich ja, aber sein ewiges Quasseln stört mich, und ich kann dann nicht in Ruhe Beeren pflücken«, meinte die Mutter etwas verärgert.
»Ich möchte den netten, freundlichen Bären wiedersehen, mit dem ich auf dem Moor Moltebeeren gesammelt habe«, hatte Nigá verlangt und seine Jacke angezogen.

Wie auch immer, der Junge setzte seinen Dickkopf durch und läuft nun seiner Mutter zum Moor mit den arktischen Beeren hinterher.

***

Elle und Nigá gehen mit großen Schritten in Richtung Árranjeaggi. Dieses Moor ist für seine vielen Moltebeeren bekannt und nun liegt es direkt vor den Beerenpflückern ganz in rote und gelbe Farbtöne getaucht. Elle nimmt ihren Rucksack ab und beginnt sogleich mit dem Pflücken. Nigá schaut sich, sein Eimerchen in der Hand haltend, um.
»Wir sind zu früh gekommen. Der Bär schläft sicher noch. Aber er kehrt bestimmt wieder zurück, sobald er wach wird«, erklärt Nigá seiner Mutter und steckt die ersten von ihm gepflückten Beeren gleich in seinen Mund. Nach und nach füllt sich aber auch sein Eimer mit den begehrten Früchten.
»Sieh nur Mutti, auf diesem Mooshügel stand der Bär ges-

tern«, versucht Nigá mit seiner Mutter ein Gespräch zu beginnen. Aber sie ist in eine solche Beeren-Ekstase geraten, dass sie nichts anderes hört und sieht. Die Mutter murmelt nur etwas vor sich hin, um ihren Sohn zum Schweigen zu bringen.

Der Tag vergeht und neigt sich langsam dem Abend zu. Nigá hat versucht, auf allerlei Weise die Zeit totzuschlagen. Er ist auf Bäume geklettert und hat auf den Zweigen geschaukelt. Er hat der emsigen Arbeit der Ameisen zugeschaut und sich seinen Bauch mit Krähenbeeren, Blaubeeren, Rauschbeeren und vor allem mit Moltebeeren vollgeschlagen. Er hat sich zudem getraut, seiner Mutter vorzuschlagen, dass sie schon nach Hause gehen könnten. Aber Elle hat für Nigás Bitte kein Ohr, sondern sie pflückt die Beeren einfach emsig weiter. Deshalb denkt Nigá, dass er nun eine stärkere Trumpfkarte aus dem Ärmel ziehen muss.

»Ich habe Hunger und kalt ist mir auch«, teilt Nigá mit und beobachtet, wie seine Mutter darauf reagiert. Bei ihr scheint aber überhaupt nichts zu wirken.
»Du meine Güte!«, schreit plötzlich Elle und erstarrt vor Schreck. «Da ist tatsächlich ein Bär!«

Nigá wird jetzt munter und beginnt begeistert zu berichten:
»Ja, genau auf diesem Mooshügel stand der Bär auch gestern in aufrechter Haltung.
»Er hat wirklich einen großen Haufen Moltebeeren auf dem Mooshügel gesammelt«, erklärt der Junge lächelnd.

Elle ist ganz außer sich und wiederholt nur:
»Oha! Oje!«
»Mutti, von da drüben kommt der Bär doch sicher auch hierher«, sagt Nigá ganz ruhig.

Im selben Moment wirft Elle ihren Rucksack über die Schultern, nimmt schnell ihren Beereneimer in die Hand und stürzt Richtung Zuhause. Nigá bleibt stehen und wundert sich, warum seine Mutter plötzlich solch eine Eile hat. Bis jetzt konnte er sie ja um keinen Preis der Welt zum Weggehen bewegen.
Elle läuft so schnell, dass sie gar nicht sieht, wie die Beeren bei dieser Hektik aus dem Eimer auf die Erde purzeln. Sie scheint auch gar nicht zu begreifen, dass ihr Sohn bei ihrer Flucht gar nicht an ihrer Seite ist.

Endlich schaut Elle sich um und erkennt, dass Nigá nicht mitläuft. Er steht immer noch auf demselben Platz im Moos und beobachtet ganz ruhig, wie der Bär sich ihm nähert.
»Bist du verrückt! Lauf schnell hierher, der Bär frisst dich doch sonst!« schreit Elle in höchster Not.
»Mutti, lass doch den Bären seine Moltebeeren holen, die er hier gesammelt hat.«

»Komm doch, Bärchen, ich habe deine Moltebeeren nicht gegessen. Alle Beeren sind noch hier auf dem Mooshügel«, sagt Nigá zu dem herannahenden Bären.

Doch das kann Elle nicht mit ansehen. Sie schnallt schnell ihren Rucksack ab, stellt den Beereneimer ab und läuft auf ihren Sohn zu.
»Komm, komm!«, sagt die Mutter bittend zu Nigá und schleicht vorsichtig näher heran. Nigá kommt ihr auch ein Stück entgegen und schaut gleichzeitig zu, ob der Bär seine Beeren fressen möchte. Dieser scheint aber keine Eile zu haben.
»Ich glaube, dass der Bär jetzt sein Tempo erhöht hat«, meint Nigá, als die Mutter hastig ihren Sohn am Arm ergreift, um dann so schnell es geht mit ihm nach Hause zu eilen.

»Mutti, ich habe den Bären kommen sehen. Bleib doch stehen, ich möchte schauen, ob er alle seine Moltebeeren findet«, setzt sich der Junge zur Wehr und entwischt dem Griff der Mutter.

***

Elle rennt den Pfad entlang und zerrt Nigá schließlich doch mit sich. Seine Beine hängen größtenteils in der Luft und berühren den Pfad nur hin und wieder.
»Mama, mein Arm tut weh!«
»Der tut noch mehr weh, wenn der Bär uns erwischt«, japst die Mutter und läuft immer schneller.

Als das Zauntor ihres Grundstücks zuklappt und Vater Jovnna auf dem Hof erscheint, schreit Elle:
»Hol das Gewehr, ein Bär kommt hinter uns her!«
Jovnna setzt den Wassereimer ab und geht zu den Beerenpflückern.
»Du Dummkopf, verstehst du gar nichts? Hol doch das Gewehr, der Bär fällt sonst über uns her«, treibt seine Frau ihn an. Sie packt Nigá wieder an der Hand und schleppt ihn in Richtung Wohnhaus.
»Wo sind die Moltebeeren?«, fragt der Mann sie scherzend.
»Geh nur selbst und hol sie dir doch von dem Bären«, ärgert sich Elle und verschwindet in der Stube.

Der Lachszaun

Nigá richtet das Boot gerade und lenkt es nach unterhalb des Lachszaunes. Sein Vater schlägt ein paarmal mit dem Stakholz ins Wasser. Nigá sieht, wie ein Lachs auf ein beutelförmiges Netz zustürzt, das auf der Seite hängt, wo die Srömung verläuft. Im Leitnetz scheinen ebenfalls zwei kleine Lachse zu glänzen.
»Unser Lachszaun fängt nicht so richtig viele Fische, weil die Lachse auch ins Leitnetz schwimmen«, ärgert sich sein Vater Jovnna.

Nigá liegt in der aus Torfsoden errichteten Fischerhütte seiner Familie und schaut einer Rauchwolke nach, die aus dem Rauchfang in den Himmel aufsteigt. Von der anderen Seite des Herdes her hört Nigá jemanden schwer atmen, was zeitweise in ein Schnarchen übergeht. Sein Vater Jovnna ist erschöpft in einen wohlverdienten Schlaf gefallen, weil er seit zwei Tagen zusammen mit Nigá einen Lachszaun errichtet, eine Sperre in der Stromschnelle Boratbokcá bei Vuollegeavŋŋis im Fluss Deatnu.

Mein Vater ist wirklich sehr kräftig, weil er es schafft, die schweren Holzböcke für das Gerüst unseres Lachszaunes zu schleppen. Zuerst brachte er die Holzbohlen ans Ufer und lud sie ins Boot. Danach musste er die Böcke aufstellen und im Wildwasser in den Boden rammen, denkt Nigá bei sich, im Schutz ihres Mückenzeltes liegend.
Aber für mich war es genauso schwer, in der tosenden Stromschnelle das vollbeladene Boot gerade auf Kurs zu halten. Das Boot musste nämlich an Ort und Stelle bleiben und es durfte auf keinen Holzbock treffen, während Vater schwere Steine als Gewichte am Lachszaun platzierte. Auch dann

durfte ich das Boot nicht bewegen, als Vater Reisigzweige an den Holzböcken befestigte, um den Zaun vor der Strömung zu schützen. Die Barriere war fast fertig, nur noch die zwei beutelförmigen Seitennetze und das Leitnetz fehlten. Kurz danach mussten wir natürlich noch überprüfen, ob alles in Ordnung war. Und dann – was für eine Überraschung! Ein größerer Lachs zappelte in einem der Seitennetze.
»Unser Lachszaun scheint gut zu funktionieren«, lächelte der Vater zufrieden. Er steuerte das Boot mit der Stabstange zur Außenseite des Netzes, um den ersten Lachs herauszuziehen. Einen Teil dieses Fisches brieten die erschöpften Fischer gleich aufgespießt auf einem Holzstock, weil sie nach der schweren Arbeit großen Hunger hatten.
Nigás Gedanken kreisen um den vergangenen Tag, bevor auch er in einen wohlverdienten Schlaf fällt.

***

Nigá wacht vom Gekreisch der Möwen auf.
»Na klar! Wir haben die Fischabfälle draußen vergessen«, fällt ihm ein. Er hebt seinen Kopf von dem Sack voller Schuhheu, der ihm als Kopfkissen dient. Er merkt auch, dass sein Angelpartner vom Geschrei der Möwen nicht aufgewacht ist, sondern in aller Ruhe weiterschläft. Nigá erinnert sich jetzt an den vorigen Winter, als sie mit den Vorbereitungen für die Sommersaison begonnen hatten:
»Nigá! Weil du jetzt groß bist, mache ich einen Fangzaun-Meister für den Fluss Deatnu aus dir«, erklärte ihm sein Vater. Er brachte ihm mit diesen Worten ein Garnknäuel, eine Netznadel und einen Maßstab für die Maschengröße des Netzes als Anleitung.

So begann der künftige ‚Zaun-König‘ Nigá das langwierige und mühsame Knüpfen eines Netzgewebes. Nachdem das

Netz endlich fertiggestellt war, erklärte ihm sein Vater weitere notwendige Arbeiten. Nigá musste am Netz die obere und die untere Randleine sowie die Netzschwimmer an der Oberleine befestigen. Danach band er noch einige Beutel für die Ballaststeine an der Unterleine fest, um sicherzustellen, dass das Netz tatsächlich auf dem Grund des Flusses bliebe. Sie sammelten passende Steine an der Stromschnelle und stopften sie in die dafür vorgesehenen Säcke. Das Netz bekam noch die Form eines großen Beutels. Danach konnten sie das Netz am Zaun befestigen und damit war ihr Lachszaun fertig.

***

»Nigá, wach jetzt auf und iss etwas! Wir wollen gleich nachschauen, ob sich in unserem Lachszaun vielleicht ein Fisch verfangen hat«, weckt Meister Jovnna seinen Lehrling auf. Nigá zwängt sich aus seinem Mückenzelt heraus, setzt seine Moskitohaube auf und kriecht seinem Vater nach.
Ein wunderschöner Morgen, Vogelgezwitscher und das Brausen der Stromschnelle empfangen die Männer draußen. Die Fischer genießen eine Weile den Zauber des Sommers, bevor sie ans Ufer gehen und mit dem Boot zu ihrem Lachszaun staken. Als sich die Männer dem Lachszaun nähern, behalten sie die zwei Fangnetzte genau im Auge, zu denen die Fische normalerweise schwimmen.

In den Netzen scheinen mehrere Lachse zu zappeln, denkt Nigá erfreut, wagt aber nicht, das dem Vater zu sagen, weil er dessen Reaktion fürchtet. Die Fische könnten sich ja erschrecken und sogar die Netze beschädigen. Vom Bug des Bootes aus schlägt der Vater mit dem Stakholz ins Wasser, und sofort stürzen noch weitere Lachse auf die beiden Netze zu.

»Steht der Lachszaun etwa nicht an der richtigen Stelle, weil sich die Lachse unterhalb des Zaunes so wohlfühlen«, fragt sich der Vater und schlägt noch einmal mit der Stabstange ins Wasser. Es scheint, dass keine größeren Lachse mehr frei umherschwimmen. Nigá bemerkt, dass ein paar kleinere Lachse im Leitnetz zappeln, und hat natürlich nicht die Geduld, das für sich zu behalten.

»Da sieht man, dass unser Zaun nicht so richtig funktioniert«, schimpft der Chef und stößt das Boot Richtung Strömung. Nigá hält das Boot ruhig auf dem vorgegebenen Kurs und steuert es neben eines der beutelförmigen Fangnetze.

Der Vater zieht zuerst die kleinen Lachse von der Längsseite des Bootes aus aus dem Wasser heraus und hebt dann den hinteren Teil des Netzes ins Boot hinein. Dann beginnt im Boot ein großes Gespritze und Gezappel, weil sich der neue, größere Lachs befreien möchte. Vaters Knüppel bringt den Lachs jedoch zur Ruhe und so kann er die Fische einzeln im Boot aus dem Netz herausziehen. Nachdem sie alle Lachse von ihrem Lachszaun ins Boot verfrachtet haben, stellen sie befriedigt fest, dass sie wirklich einen großen Haufen Lachse gefangen haben.

»Wir haben mehr als zwanzig Fische gefangen«, rutscht es Nigá heraus.

»Red nicht so viel, Junge! Besonders die anderen Leute brauchen gar nichts von unserem Fischzug zu wissen. Mit dem eigenen Lachsfang darf man nie prahlen, merk dir das!«, belehrt ihn der Vater und stopft einen Fisch nach dem anderen in den Fangsack.

So weiß der Lehrling nun Bescheid. In aller Ruhe können sie die Fische nun ausnehmen. Zum Schluss verstecken sie die Fischsäcke zwischen den Eisstücken, die das Frühjahrshochwasser am Flussufer hinterlassen hat. Am Abend schauen sie noch einmal nach den Netzen im Lachszaun und nehmen den Fang heraus. Dann fahren sie mit ihren vielen Fischen zur Stromschnelle und rudern stromabwärts.

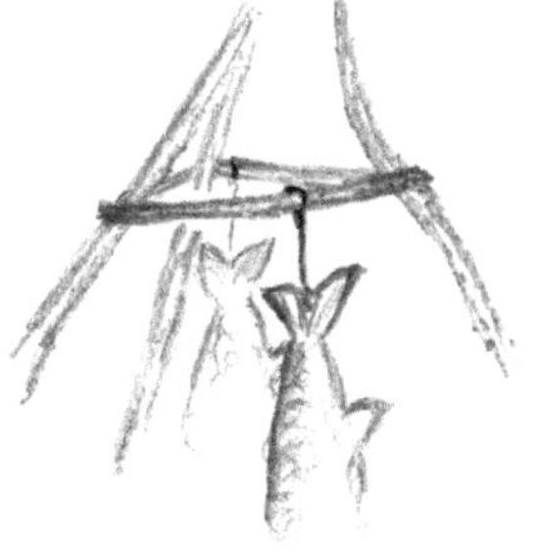

Der Lemming

»Pass auf! In deinen Kleidern wühlt ja eine Maus«, schreit Nillá und blickt Nigá verwundert an. »Beißt sie dich gar nicht?«, fragt Nillá.
»Nein, mich nicht, aber bei euch könnte sie es schon versuchen«, antwortet Nigá, nimmt den Lemming in seine Hand und ‚tut so, als würde er seine Freunde bedrohen, aber nur damit sie ein wenig Angst bekommen.

»Schaut euch das an! Da sind mindestens sieben Lemminge auf einem Haufen und dort laufen noch drei in Richtung Seeufer«, rufen die Jungen Nillá, Piera und Nigá begeistert, als sie in der Stube zum Fenster hinausschauen. Die Nachbarjungen dürfen gerade bei Nigá zu Besuch sein, weil ihr Vater im Fjäll seine Rentierkälber markiert und ihre Mutter in Skiippagurra am Fluss Deatnu ihre Verwandten besucht.
»Gestern habe ich schon den ganzen Tag Lemminge beobachtet. Ich habe festgestellt, dass immer zumindest fünf Lemminge in einer Gruppe zusammen waren, wenn sie ans Seeufer wechselten«, erklärt Nigá seinen Freunden.

»Lasst uns jetzt rauslaufen und schauen, wie gereizt die Lemminge heute sind«, schlägt Nigá vor. Bald darauf rennen die Jungen zum See. Dort gibt es viele Lemminge, die schnell vorbeihuschen und dann einer nach dem anderen in den See gleiten, um einige Kilometer bis hin zum anderen Seeufer zu schwimmen.

»Haben die Lemminge keine Angst vor einer so langen Strecke?«, wundert sich Nillá und beobachtet, wie die gelbschwarzen Nagetiere mitten über den See schwimmen.
»Manche werden es wohl nicht bis zum anderen Seeufer schaffen, da man hier so viele ertrunkene Lemminge findet«,

meint Piera. Er blickt auf die Lemminge, die überall aufgetürmt in Haufen zusammenliegen, weil sie mit den Wellen zurück ans Ufer gespült wurden.
»Igitt, wie die stinken«, sagt Piera und hält sich seine Nase zu.

»Lasst uns doch einige Lemminge als Haustiere aufnehmen«, schlägt Piera vor.
»Hoppala, da läuft ja gerade ein ganz großer Lemming!«, ruft Nigá und versucht ihn zu fangen. Der Lemming springt auf ihn zu, steht auf seinen Hinterbeinen und beginnt laut zu fiepen. Nillá versucht, ihn am Nacken zu packen, schreit aber plötzlich auf.
»Verdammt nochmal, er hat mich gebissen«, ärgert sich Nillá und tritt einige Schritte zurück.
»Pack ihn doch am Schwanz«, belehrt Nigá ihn. Nigá schnappt sich das Tier und lässt es in einen Kasten fallen.
»Wie schafft man es bloß, einen Lemming am Schwanz zu packen? Sein Schwanz ist doch so winzig klein«, klagt Nillá.

Nachdem die Jungen etwa zehn Nager im Kasten zusammen haben, schleppen sie ihre Beute stolz in die Stube zu Nigás Mutter.
»Raus mit diesen Mäusen und zwar schnell!«, schreit die Mutter und zeigt sofort zur Tür, als sie in die Kiste hineinblickt.
»Schreibt euch hinter die Ohren, dass ihr keine Lemminge und auch keine anderen Tiere ins Haus schleppen dürft«, sagt sie noch in einem befehlenden Ton, als die Jungen mit ihren Haustieren wieder hinauslaufen.

Nigá bleibt auf dem Hof stehen, um die Situation zu durchdenken. Er springt dann mit seinem Schatz über den Zaun und läuft hinter einen Sandhügel, damit seine Mutter ihn nicht sieht.

»Schau mal, dieser große Lemming verfolgt den kleineren«, bemerkt Piera. Er nimmt schnell einen Reisigzweig und versucht damit, das größere Tier fortzujagen. Doch der große Lemming gibt nicht nach, sondern greift den kleineren nochmals an.
»Töte ihn nicht!«, brüllt Nigá so laut, dass die ganze Tierschar heftig erschrickt. Die Lemminge versuchen, sich im Schutz voneinander zu verstecken.

Nachdem die Jungen eine Zeitlang ihre tierische Truppe gehütet haben, entdeckt Nigá ein Wespennest in einem Steinhaufen. Bald darauf beginnt eine Wespenjagd.
»Ich hole schnell einen Holzstab, mit dem wir das Nest kaputt stochern können«, sagt Nigá und verschwindet hinter dem Hügel. Nach einer Weile kommt er mit einer langen Stange und beginnt, im Wespennest herumzustochern. Nur einen Augenblick später wirft Nigá den Stab weg und schreit ganz laut:
»Mich hat eine Wespe gestochen!« Nigá läuft so schnell er kann ins Haus und Piera folgt ihm.
»Mich auch«, weint Piera ebenfalls. Die beiden Helden huschen schnell in die Stube.
»Mutti, die Wespen haben mich gestochen«, klagt Nigá und befühlt mit einer Hand die Beulen auf seiner Stirn.
»Es sieht tatsächlich so aus. Zwei Wespen haben dich gestochen, und Piera ist mit einer Beule davongekommen«, sagt die Mutter, die sich aber keine Sorgen zu machen scheint.
»Ihr sollt die Wespen nicht reizen, weil sie sich dann wehren«, erklärt die Mutter den Jungen.
»Ich habe gesehen, dass ihr mit einer langen Holzstange im Wespennest herumgestochert habt. Das soll euch jetzt eine Lehre sein!«
Die Jungen schleichen sich fort und setzen sich auf die Treppe, um darüber nachzudenken, was sie als Nächstes unternehmen könnten.

Seit der Wespenjagd sind nun ein paar Tage vergangen, als Piera und Nillá ihren Freund erneut besuchen. Nigá sitzt auf seinem Lieblingsplatz auf der Treppe, als ob er auf seine Freunde warten würde. Er macht einen geheimnisvollen Eindruck.

»Sitzt du immer noch da und weinst, weil dich vor ein paar Tagen eine Wespe gestochen hat?«, scherzt Nillá. Weil Nigá noch immer in der gleichen Haltung verharrt, stupst Nillá ihn an.

Plötzlich kommt ein Lemming aus Nigás Ärmel heraus und starrt die Neuankömmlinge an.

»Wie ist denn der Lemming in deinen Ärmel geschlüpft? Beißt er dich nicht?«, fragt Nillá neugierig. Nigá schnappt den Lemming schnell mit seiner Hand und versucht, das Tier in Nillás Hemdkragen zu stopfen, weil Nillá ihn gehänselt hat. Nillá rennt weg und die Jungen fangen an, in der Stube einen Wettlauf zu veranstalten. Danach setzt sich der heldenhafte Nigá wieder auf die Treppe und stopft sein Haustier in sein Hemd.

»Ich habe die kleinen Lemminge gefüttert und gezähmt, und jetzt beißen sie mich überhaupt nicht mehr«, erklärt Nigá seinen Freunden stolz.

Piera und Nillá schauen abwartend zu, als der Lemming in Nigás Hemdkragen hineinschlüpft und nach einer Weile den Kopf durch seinen Ärmel steckt. Nigá ist sehr stolz auf sein Haustier.

»Euch beißt er bestimmt«, sagt Nigá, um seinen Freunden einen Schreck einzujagen, und bringt seinen Lemming zu den anderen Tieren in den Karton. Dort gibt er ihnen Brotkrümel und stellt ihnen auch ein Gefäß mit Wasser hin.

Nigá schnappt sich noch ein paar neue Nager, setzt sie auf seinen Schoß und lässt sie über seinen Körper klettern. Als die Schau zu Ende ist, überlegen die Jungen zusammen, was sie denn jetzt machen könnten.

»Hast du mal geschaut, was mit den Wespen passiert ist, weil doch das letzte Mal ihr Nest kaputt ging?«, fragt Piera Nigá.
»Ich habe mich nicht mal getraut, die Stange zurückzuholen. Ich habe nur von weitem zugeschaut, wie die Wespen in der Nähe ihres Nestes herumgeflogen sind.
»Du bist vielleicht ein Angsthase«, sagt Nillá spöttisch und vergisst dabei ganz, dass er gerade vorhin einen Lemming nicht mal streicheln wollte.
»Du Angsthase, du kannst nicht mal einen Lemming auf den Schoß nehmen«, scherzt Nigá deshalb seinerseits.
»Ich habe wirklich keine Angst. Mein Vater hat mir erzählt, dass die Wespen nicht alle Leute stechen. Ihr habt doch letztes Mal gesehen, dass sie mich nicht gestochen haben.«
»Na, dann kannst du doch die Holzstange aus dem Nest holen, wenn du keine Wespenstiche abbekommst. Du Feigling, du hast aber keinen Mut dazu», ärgert ihn Nigá.
»Habe ich doch! Jetzt habe ich bloß gar keine Lust«, meint Nillá kleinlaut.
»Es scheint so, dass du doch ein Hosenschisser bist«, scherzt Nigá lachend.

Das ist für Nillá zu viel. Er macht sich auf den Weg, um den Holzstab zu holen. Er schleicht vorsichtig zum Nest, schnappt sich schnell die Stange und läuft davon. Als der Held zurückkommt, scheint er aber gar nicht so stolz auf seinen Erfolg zu sein.
»Was ist denn das für eine Beule auf deiner Stirn?«, fragt Nigá ihn und blickt auf das Gesicht seines Freundes.

Während der Evakuierung

Das Schwein grunzt wütend, stürzt davon und schleift gleichzeitig einen Mann wie einen Schlitten hinter sich her. Der Mann versucht sich an das Tau zu klammern, das dem Schwein umgelegt ist, aber das Schwein rennt, Kot aufwirbelnd, über den Misthaufen und dann noch durch einen Zaun einfach weiter. – »Schieß nicht, schieß bloß nicht auf mich!«, ruft der Mann dem Schlachter erschrocken zu.

Nigá wacht am Morgen von einem erregten Gespräch auf, das unten in der Stube geführt wird. Nicht alle der lebhaft beteiligten Stimmen kann Nigá erkennen. Er hört einen fremden Menschen sagen:
»Geht doch nicht nach Süden, kommt nach Norwegen.» Der Vater antwortet etwas, das Nigá bei dem Lärm nicht verstehen kann. Er hört, wie auch seine Mutter am Gespräch teilnimmt, als sie fragt:
»Wohin aber mit unseren Tieren? Was passiert mit ihnen?«
»Einige werden getötet und die zurückbleibenden Tiere werden zu Tante Biret nach Horbmá gebracht. Sie wohnt in Norwegen und nimmt unsere Tiere in ihre Obhut. Wir haben Heu genug, weil wir dort gerade Heu geerntet haben«, hört er seinen Vater antworten. Nigá zieht sich an und geht langsam von oben hinunter zur Stube.
»Wir müssen dem Krieg aus dem Weg gehen und unsere Heimat verlassen«, erklärt die Mutter ihrem Sohn. Nigá spürt, dass die Leute es eilig haben, sich auf die Evakuierung vorzubereiten. Seine Mutter Elle erklärt Nigá in Eile, was Evakuieren bedeutet:
»Wir müssen uns auf den Weg machen, um sehr weit wegzufahren.«

»Noch weiter als bis zum anderen Seeufer?«, fragt Nigá neugierig.
»Ja, noch viel weiter«, antwortet die Mutter und fängt an, Sachen und Dinge, die mitkommen sollen, in einer Truhe zu verstauen.

Nigá läuft schnell hinaus, um zu schauen, was auf dem Hof passiert. Die Leute schlachten und häuten gerade Schafe und Kühe. Nigás Lieblingsschaf Ránán liegt bereits tot am Boden und wartet auf seinen Abdecker.
»Das hier ist auch schon tot«, stellt jemand fest, schnappt sich Ránán und beginnt das Tier abzuhäuten. Das kann Nigá nicht mitansehen. Er zieht sich unauffällig hinter den Kuhstall zurück und weint. Nigá trauert um sein geliebtes Schaf und plötzlich kommt ihm auch seine Katze Sigge in den Sinn.
»Was passiert denn wohl mit Sigge?« Nigá wischt sich die Tränen ab und geht schnell seinen tierischen Freund suchen.

***

Zwei Boote gleiten langsam in der Abenddämmerung den Fluss Vuolle-Buolbmátjohka stromabwärts. Nigá sitzt im vorderen Boot. Sein Vater rudert und beobachtet gleichzeitig das Boot hinter ihnen. Die Boote sind voll mit Sachen und Waren, von denen ein Teil in Buolbmát verkauft werden soll. Der Rest wird an ihren Evakuierungsort Alavieska mitgenommen.
»Mutti, wo ist bloß meine Katze Sigge geblieben?«, fragt Nigá und versucht, in der Dämmerung seiner Mutter die Wahrheit aus dem Gesicht abzulesen.
»Sprich doch nicht so laut; wir wurden vor feindlichen Soldaten gewarnt«, flüstert die Mutter ganz leise. »Sigge ist zu Hause geblieben.«
Nigá beobachtet Mutters Gesichtsausdruck im Dämmerlicht und spürt, dass die Katze woanders, aber nicht zu Hause ist.

Sobald Nigá eine Antwort bekommen hat, legt er sich im Boot hin und hört zu, wie das leise Geräusch der Ruder und der Strom ihr Boot durch die Nacht ins Unbekannte führen.

Zahlreiche Boote mit Evakuierten steuern bei Tagesanbruch in Buolbmát in Norwegen an Land. Viele Leute haben sich dort versammelt, um Waren von den Evakuierten zu kaufen, die diese nicht mitnehmen können. In diesem Durcheinander sieht Nigá, dass ein Kind seinen Ball, der auf dem Boden des Bootes hin und her rollt, zu fassen versucht. Plötzlich schnappt sich das Kind blitzschnell Nigás Ball und steckt ihn unter seine Jacke.

»Wo ist unser Pferd Lea?«, fragt Nigá seine Mutter besorgt.

»Es ist auf der Weide geblieben«, antwortet die Mutter leise, dreht sich um und umarmt eine fremde Frau. Nigá sieht sie weinen. Sein Vater hat keine Tränen in den Augen, doch sein Gesicht sieht sehr ernst aus.

Nachdem die Leute voneinander Abschied genommen haben, setzt sich Nigás Familie in ein Motorboot, das ablegt, um den Fluss Deatnu hinaufzufahren. Auch Tante Bergehttá, Mutters Schwester, fährt jetzt Richtung Süden mit.

***

»Mutti, ich kann nicht mehr«, jammert Nigá weinend und hält die Hand der Mutter ganz fest. Er findet den Pfad, den sie jetzt entlanggehen, unendlich lang.

»Versuche bitte noch ein Stück durchzuhalten, denn einen so großen Jungen kann ich unmöglich tragen.« Nigá wird etwas munterer, als er hört, bereits ein großer Junge zu sein, und will nun genauso schnell wie Bergehttá und Elle laufen. Endlich kommen sie an der Stromschnelle Badjegeavŋŋis vorbei und können direkt ans Ufer laufen.

»Vati, warum durftest du die Stromschnelle hinauf im Boot mitfahren, statt zu laufen?«, fragt Nigá. Er erwartet eine

Antwort von seinem Vater und sieht den »Drückeberger« beleidigt an.
»Ich musste vorn im Boot Ausschau halten, dass unser Boot auf keinen Stein stößt«, antwortet der Vater lächelnd.

Elle, Bergehttá und Nigá, der Nörgler, reißen ihre Kräfte zusammen und steigen jetzt wieder ins Boot. Der Bootsführer startet schnell den Motor, und so fährt der vollbeladene Kahn den Fluss Deatnu hinauf auf das Dorf Roavesavu zu. Sogleich legt sich Nigá im Boot hin, lehnt sich an seine Mutter und schläft im Nu tief und fest ein.

Nigá wacht erschrocken auf, als der Bug des Bootes gegen das mit Kies bedeckte Ufer stößt. Er sieht im Halbschlaf viele fremde Gesichter am Ufer, die die Ankömmlinge neugierig anstarren.
»Jetzt sind wir in Roavesavu«, erklärt der Bootsmann dem Vater.
»Ja, ich weiß«, sagt dieser, nickt zustimmend und springt aus dem Boot.
»Hier beginnt für euch die Fahrt mit einem Lastwagen«, erläutert der Bootsmann noch, um sich zu vergewissern, dass alle Passagiere verstehen, dass sie aus dem Boot aussteigen müssen.

***

»Ich schlage und schlage«, murmelt Nigá auf Finnisch vor sich hin. Er schnappt sich einen Reisigzweig, der vor dem Kamin liegt, und zeigt, wie das aussieht. Der alte Opa des Hauses, der vor dem Kamin sitzt, sieht den Flüchtlingsjungen streng und missmutig an.
»Dieser Junge wird uns nur Kummer bereiten, weil er sofort zu drohen beginnt«, denkt der Opa bei sich. Der Alte weiß nicht, dass Sárá, eine Kuhhirtin des Bauernhofs dahinter-

steckt. Sie hat Nigá gezeigt, wie man auf Finnisch die Kühe mit einem Zweig in der Hand auf die Weide treibt.

Auf dem Hof, wo die Flüchtlingsfamilie einquartiert ist, wohnt auch ein Junge. Er heißt Asko und ist ebenso alt wie Nigá. Die gespannte Atmosphäre in der Wohnstube lässt sofort nach, als der Sohn des Hauses dem Flüchtlingsjungen zuwinkt, um mit Nigá zusammen draußen spielen zu gehen.

Nigá lernt Finnisch und kann deshalb mit den Kindern von Alavieska spielen. Am meisten bereitet ihm das fremde Essen Schwierigkeiten. Er hat zu Hause immer Blutklößchen, Blutwürste und natürlich Lachs gegessen. Hier werden meistens Reisbrei, Schwarzbrot und entrahmte Milch angeboten, die die alte Oma des Hauses auftischt. Das Wasser ist auch ganz anders als zu Hause in Lappland. Man muss sich richtig daran gewöhnen, statt klaren Wassers eher bräunliches zu trinken. »Das ist mir egal!«, denkt Nigá. Er musste zu Hause in Buolbmátjávri immer sehr viel alleine sein. Jetzt hat er viele neue Spielkameraden gefunden und nimmt begeistert an den für ihn neuen Spielen der Kinder des Ortes Alavieska teil.

Aus der Zeit der Evakuierung ist in Nigás Gedächtnis eine unvergessliche Erfahrung geblieben, die ihn immer zum Lächeln bringt, wenn er an sie zurückdenkt:

Eines Tages wurde in ein Bauernhaus namens Hautala ein Schlachter gerufen. Er kam zur vereinbarten Zeit mit seiner Browning-Pistole, um einen großen Eber zu schlachten. Dieses Ereignis war äußerst spannend. Ein Mann, der den Eber mit einem Seil festhalten sollte, machte ein, wie Nigá meinte, sehr wichtiges Gesicht und sah gar nicht so nett aus. Der Schlachter, den Nigá nicht kannte, knallte mit seiner Pistole dem armen Schwein in den Kopf. Nach dem Schuss

folgten ein schreckliches Quieken und eine Flucht im Galopp, bei der der nur angeschossene Eber seinen Verfolgern zu entkommen suchte. Der Mann hatte sich mit seinem Fuß im Seil verheddert und der Eber schleppte ihn, Kot und Jauche aufwirbelnd, über einen Misthaufen. Der Schlachter folgte dem fliehenden Eber und fluchte gleichzeitig, dass man alle Schweine in die Unterwelt verbannen sollte. Der Mann, der sich im Seil verfangen hatte, bemerkte den Schlachter mit seiner Waffe hinter sich, machte ein großes Tamtam und schrie:
»Schieß bloß nicht, schieß bloß nicht auf mich!«

Für Nigá ging das Spektakel zu Ende, als ein aus dem Krieg zurückgekehrter Soldat für Ordnung sorgte und alle unbeteiligten Leute forttrieb. Auch Nigá entfernte sich etwas eingedreckt von diesem Schlachtfeld. Der schreckliche Schrei des Schweins aber prägte sich für immer in seine Ohren ein und verfolgte den Jungen von Alavieska bis nach Lappland.

Am Abend erfuhr Nigá, dass das arme Schwein den Kampf verloren hatte und im Kochtopf gelandet war. Nigá meinte, dass der Eber trotz seiner Niederlage dennoch ein Held war.

***

Irgendwann ging der Winter in Ostbottnien zu Ende, es kam der Frühling und der Schnee begann zu schmelzen. Eines Tages erklärte der Vater, dass es den Evakuierten erlaubt sei, in ihre Heimat zurückzukehren. Auf den Gesichtern der Flüchtlinge zeigten sich wieder Spuren eines Lächelns und alle waren sofort bereit zur Heimfahrt. Nigás Freude hielt sich jedoch in Grenzen. Musste er sich doch von allen seinen guten Freunden, die er während der Evakuierungszeit in Alavieska gewonnen hatte, trennen.
Doch als die Familie wieder auf dem Weg in den Norden ist,

gibt es sehr viel für Nigá zu sehen. Da vergisst man sogar seine Freunde. Nigá ist ganz entsetzt, als er die von deutschen Soldaten in Schutt und Asche gelegte Stadt Roavvenjárga und die gesprengten Brücken überall sieht. Besonders ein weißes Araber-Reitpferd, das am Wegrand tot, aber aufrecht stehen geblieben ist und so aussieht, als ob es immer noch leben würde, ist für Nigá ein Schock. Dies alles bewahrt er wie einen Film in seinem Gedächtnis.
Aber auch die restliche Wegstrecke im Pferdeschlitten, die über das Fjäll Beazeh nach Ohcejohka, von da nach Njuorggán und dann über die Anhöhe Stuorrageađgevárri endlich nach Hause nach Buolbmátjávri führt, behält Nigá für immer in Erinnerung. Besonders aufregend für den kleinen Jungen ist es, als ihr Pferd durch den Schneematsch watet. Eine matschige Schneefläche vor ihnen bricht plötzlich auseinander und rutscht in Richtung See. Das Pferd Poju rennt mit Tempo auf diese gefährliche Stelle zu und überwindet sie mit einem mächtigen Sprung.

Endlich sieht Nigá sein bekanntes Zuhause wieder vor sich. Während der Evakuierung hatte Nigá jeden Tag an seine Heimat gedacht. In dem Moment, als sein Vater das neue, in Alavieska gekaufte Pferd auf dem Hof zum Stehen bringt, rennt Nigá zum Haus und reißt die Tür auf.

Ihr Wohnhaus ist komplett durchwühlt und ausgeplündert, nur ein Küchenbrett hängt noch an der Wand. Nigá rennt gleich wieder auf den Hof zurück und beginnt nach seiner Katze Sigge zu rufen. Zu seinem großen Erstaunen sieht er plötzlich, wie die Katze unter dem Speicher hervorkriecht, zu ihm schleicht und schnurrend auf seinen Schoß springt.

Der Kuhhirte

»Ich muss mich beeilen, um unsere Kuh Stierdná in den Kuhstall hineinzulassen, bevor der Bär sie angreift«, erkennt Nigá, rappelt sich auf und rennt in Richtung Kuhstall.

Alle Häuser am Fjällsee Buolbmátjávri sind von herbstlicher Dunkelheit umfüllt, nur in einem Haus brennt ein winzig kleines Licht. Dort ist also noch jemand wach und wartet darauf, dass die Kühe von der Weide zurück nach Hause kommen. Der noch muntere junge Mann ist Nigá.
Natürlich suchen die Kühe sogar im Dunkeln nach Pilzen und Gras und wollen noch nicht nach Hause kommen, ärgert sich Nigá. Er geht hinaus, um besser aufs Läuten der Kuhglocke von Stierdná achten zu können.

Stierdná ist immer die Erste, wenn die Kuhherde von der Anhöhe nach Hause kommt. Sie gibt den anderen Kühen das Zeichen, ihr zu folgen. Wenn ihr Muhen nicht hilft, dann bewegt sie ihren Kopf hin und her, um mit ihrer umhängenden Glocke ihren Befehl zu verstärken. ‚Dol, dol, dol' läutet es dann.

Die Uhr auf dem Stubentisch zeigt die Zeit. In der Nacht sind die Uhr und Nigá die einzigen Wachenden im Haus. Aber so langsam überwältigt den Jungen die Müdigkeit, und bald schläft Nigá, der Kuhhirt des Hauses, ein. Er beginnt, von der Kriegszeit zu träumen:

Nigás Familie versteckt sich vor sowjetischen Fallschirmjägern in ihrer Schafhütte. Nigá hört im Familienkreis, dass ein Mann namens Keskitalo berichtet hat, dass die Fallschirmjäger eventuell am See Buolbmátjávri landen.

Nigá schaut aufmerksam zu, wie die Schafe ruhen und gleichzeitig wiederkäuen. Nicht mal ein einziges Glöckchen hört man läuten. Der Vater hat den Schafen bestimmt die Glöckchen abgenommen, denkt Nigá. Seine Eltern und Tante Bergehttá hocken ganz leise und mit sorgenvollem Gesichtsausdruck auf ihren Plätzen in der Schafhütte. Bergehttá steht hin und wieder auf und schaut vorsichtig zur Tür hinaus. Auch Nigá bekommt Angst und kriecht auf den Schoß seiner Mutter, weil plötzlich Schüsse aus einem Maschinengewehr zu hören sind: ›Dol, dol, dol, dol‹.
»Es wird geschossen«, meint der Vater.
»Dol, dol, dol ...«
»Nein, da wird nicht geschossen. Das ist doch eine Kuhglocke«, stellt Nigá fest, springt auf und geht zum Fenster. Er sieht Stierdná am Zaun entlang nach Hause laufen – und ein großes, schwarzes Tier scheint sie zu verfolgen.
»Ein Bär!«, schießt es Nigá durch den Kopf. Ihm läuft es sofort eiskalt über den Rücken.
Ich muss mich beeilen , um die Kuh in den Stall hineinzulassen, bevor der Bär sie angreift, erkennt Nigá und rennt hastig in Richtung Zaungatter. Draußen sind aber keine Kuh und auch kein Bär zu sehen.
»Wo ist denn die Kuh hin?«, wundert sich Kuhhirte Nigá und starrt in die Dunkelheit. »Wieso habe ich vor einer Sekunde alles so deutlich vor mir gesehen?«, überlegt Nigá erstaunt. Er merkt erst nach und nach, dass das alles nur ein Traum war.

Als Nigá etwas ratlos wieder in die Stube tritt, kommt es ihm so vor, als ob er eine Kuh muhen hören würde.
»Tatsächlich, jetzt kommt Stierdná nach Hause.« Das bekannte Läuten der Kuhglocke kann Nigá von weitem erkennen, und er sucht sofort nach einem Melkeimer. Nigá steckt Streichhölzer in seine Hosentasche, geht schnell in den Kuhstall und zündet eine Lampe an.

»Stierdná!«, ruft Nigá und bald darauf läuft die Kuh zum Gatter. Aber um Himmels willen! Ein schwarzes Tier läuft Stierdná nach. Nigá ist so sehr erschrocken, dass er beinahe vor Angst erstarrt.
»Das ist doch ein Bär!« Nigá spürt, wie ihm der kalte Schweiß den Rücken herunterläuft.

Die Kuh scheint irgendwie absichtlich so langsam zu gehen. Ob sie vielleicht verletzt ist, fragt sich Nigá und hört auf, die Kuh herbeizurufen.
Endlich trottet die Kuh mit ihrem dicken Bauch erst zum Gatter und dann in den Kuhstall hinein. Nigá beobachtet noch eine Weile den Bären – der sich letzten Endes als ein harmloses Kälbchen des Nachbarn entpuppt, das Stierdná begleitet hat.

Nigá greift zum Melkeimer, setzt sich auf einen Hocker und beginnt Stierdná zu melken. Doch die Kuh mit ihren vielen guten Eigenschaften ist auch bekannt dafür, dass sie schwer zu melken ist. Besonders, wenn ein Fremder sie melken möchte, gibt sie keine Milch. Nigá muss sich nun große Mühe geben, um die Kuh melken zu können. In der Stube schüttet er die Milch durch ein Sieb in Holzschüsseln, um sie darin gerinnen zu lassen. Den Rest der Milch gießt er in die Becher zum täglichen Gebrauch. Dann geht er wieder ins Bett, um seinen unterbrochenen Schlaf fortzusetzen.

***

Nigá wird plötzlich wach, als der Nachbar Uvllá unten in die Wohnstube stürmt.
»Ist Nigá hier?«, hört er den Mann laut rufen.
»Ja, ja, ich bin zu Hause«, antwortet Nigá von oben und zieht seine Hose an.
»Warum lässt du eure Viecher nicht in den Kuhstall hinein?

Sie brüllen schon lange vor dem Zauntor«, schimpft Uvllá und schlägt die Tür zu. Nigá bleibt oben stehen, schaut aus dem Fenster und sieht, wie der Mann eiligen Schrittes nach Hause stapft.
Der Kuhhirte Nigá geht zum Gatter und lässt die Kuh, die Färse und zwei Kälber die Gasse entlang in den Kuhstall hineinlaufen. Er melkt die Kuh und sieht dann, wie sie sich gleich hinlegt. Die Kälber und die Färse scheinen bereits in einen tiefen Schlaf versunken zu sein.

Auf Maränenfang

»Halt doch den Hecht fest«, schallt das Geschrei der vielen Menschen Nigá in den Ohren. Er stürzt sich auf den Hecht wie ein Fischadler und drückt den Fisch fest an seine Brust.

Nigá stromert in der Morgendämmerung an einer kleinen Bucht des Sees Buolbmátjávri umher. Er schaut zu, wie ein Fischschwarm nach dem anderen den Aufstieg zum Fluss Badje-Buolbmátjohka beginnt. Nigá hat aufmerksam den Gesprächen der Fischer zugehört, die erzählten, wie die Maränen in großen Schwärmen zum Laichen aufsteigen. Er hat auch mitbekommen, dass die Männer am nächsten Morgen die Maränen ›drehen‹ gehen würden.
Wie kann man denn bloß die Fische drehen, rätselt Nigá. Kurz danach taucht ein Boot in der Bucht auf und Nigá erkennt darin einen Mann, der nach seinen Netzen schaut.
Wie kann er denn in dieser Dämmerung Netze leeren, fragt sich Nigá erstaunt und beobachtet nun den Fischer genauer. Der Mann nimmt etwas aus dem Netz heraus, das nicht wie ein Fisch aussieht, und wirft es verärgert ins Boot.
Das könnte möglicherweise ein Wasservogel gewesen sein, überlegt Nigá und verlässt seinen Beobachtungsposten.

***

Die Fischer bereiten sich bei Tagesanbruch darauf vor, Maränen zu drehen. Nigá stellt interessiert fest, dass sie sogar mit zwei Booten losfahren. In dem einen Boot befindet sich ein Schleppnetz und in dem Kahn fünf leere, halbe Holzfässer. In beiden Booten sitzen zwei Männer, der eine rudert und der andere steuert hinten im Boot mit einem Ruderblatt. Als sie die Flussmündung erreicht haben, beginnen beide Männer den Fluss hinaufzustaken. Eine weitere Gruppe von Fischern, zu der auch Nigás Mutter gehört, macht sich auf den Weg und geht am Flussufer stromaufwärts. Nigá ist der Letzte in dieser Gruppe.

Nachdem die Leute ein paar Kilometer gelaufen sind, setzen sie sich ans Flussufer. Nigá hört von ihnen, dass die Männer im ersten Boot noch eine kleine Strecke stromaufwärts weitergestakt sind. Danach fahren sie stromabwärts und scheuchen die Fische auf, indem sie mit ihren Holzstangen heftig aufs Wasser schlagen, um die Fische in eine Vertiefung zu treiben. Diese Mulde befindet sich mitten im Fluss, genau auf Höhe der am Ufer wartenden Leute.
Als das Ruderboot zu sehen ist, beginnen einige aus der Gruppe an Land am unteren Ende der Vertiefung Steine ins Wasser zu werfen, damit die aufgeschreckten Fische nicht flussabwärts fortschwimmen, sondern sich in der Vertiefung sammeln.

Nigá ist sofort bereit, den Fischern zu helfen. Als auch er Steine in den Fluss wirft, fühlt er sich wie ein richtiger Fischer, der die Maränen drehen kann, obwohl er immer noch nicht versteht, worum es hier eigentlich geht. Er muss sich offensichtlich gedulden.

Die Männer, die mit dem Boot vom Oberlauf kommen, schlagen heftig mit ihren Stangen ins Wasser, als sie sich dem anderen Boot nähern. Dann werfen sie das Schleppnetz aus und rudern damit um die Vertiefung herum. So geraten die aufgeschreckten Fische in der Mulde in die Falle.

Dann wird es hektisch. Die meisten Maränen sind nun im Sack des Schleppnetzes. Einige Fische bewegen sich heftig in der Netzfalle. Es scheint da auch laichende Lachse zu geben, die erschrocken versuchen, aus dem Fangsack zu entkom-

men. Ins Netz ist auch ein großer Hecht geraten. Er versucht, eine Öffnung im Maschengewirr zu suchen. Als die Männer das Netz langsam an Land hieven, greifen sie gleichzeitig nach den Lachsen und ziehen sie heraus. Der Beutesack ist voll mit Zwergmaränen, die etwa 20 Zentimeter groß sind. In Lappland nennt man diese Fische reaská. Nachdem die Männer die kleinen mitgebrachten Holzfässer mit Fischen gefüllt haben und das Netz allmählich leer wird, stellt sich heraus, dass keiner von ihnen den Hecht haben möchte.
»Was passiert denn mit dem Hecht?«, flüstert Nigá fragend seiner Mutter zu.
»Den bekommst du natürlich«, lächelt Ándaras, weil er bereits ahnt, was der Junge mit der Frage sagen möchte. Nigá fasst sich ein Herz, greift ins Netz und beginnt, noch ein paar Fische aus den Maschen zu befreien. Der Hecht ergibt sich jedoch nicht seinem Schicksal, vielmehr gelingt es ihm, selbsttätig aus dem Netz zu entwischen. Der Hecht beginnt, sich wie eine Schlange in Richtung Fluss zu winden.
»Halt doch den Hecht fest!«, schreien am Ufer die Leute im Chor. Nigá stürzt sich auf den Hecht wie ein Fischadler und drückt den Fisch fest an seine Brust. Der große Hecht hat allerdings noch so viel Kraft, dass er Nigá einen Schlag hinter die Ohren gibt. Der Fisch springt in den Fluss zurück und schwimmt langsam fort.
»Warum hast du denn den Hecht entkommen lassen?«, fragen ihn die Leute. Nigá wischt sich den glitschigen Schleim von seiner Wange und schaut verlegen in die Gesichter der Umstehenden. Einige sehen ihn vorwurfsvoll an, andere lächeln oder lachen sogar spöttisch. Nigá läuft zu seiner Mutter zurück, um seinen großen Ärger herunterzuschlucken.

***

Die Männer rudern die jetzt mit Fischen vollbeladenen Boote den Fluss hinab in eine Bucht des Sees Buolbmátjávri, um am Ufer den Fischfang an die an der Aktion beteiligten Leute zu verteilen. Nigá wartet gespannt darauf, wann das Drehen der Maränen endlich beginnen kann. Er schaut aufmerksam zu, wie die Verteilung der Fische geschieht. Es sieht so aus, dass jeder Fischer den gleichen Anteil bekommt, nur der Besitzer des Schleppnetzes erhält eine doppelte Menge Maränen.

»Der eine Fischer hier hat aber noch nichts bekommen«, bemerkt ein Mann neben ihm. Alle richten ihren Blick auf Nigá, der einen Schritt rückwärts macht.

»Ihr braucht mir nichts zu geben. Ich habe ja doch den Hecht entwischen lassen«, stellt Nigá kleinlaut fest und sieht seine Mutter an, die jedoch ein bisschen stolz aussieht.

»Wo ist Nigás Fischbeutel?«, fragt der Mann, der den Fischfang verteilt.

Nigás Mutter gibt ihm einen kleinen Sack, in den Nigá jetzt seinen ersten Maränenfang hineinbekommt. Ein glückliches Lächeln huscht über sein Gesicht und es scheint, dass er den verlorenen Hecht bereits wieder vergessen hat.

Als die Leute die Boote von allen Fischen geleert haben, beginnen sie, ihren Anteil am Fang zu säubern. Nigá hilft seiner Mutter ebenfalls dabei, aber das Drehen der Maränen spukt ihm immer noch in seinem Kopf herum.

»Mutti, wann beginnen wir nun endlich damit, die Maränen zu drehen?«

»Ach, mein Junge! Heute wurden die Maränen doch bereits gedreht, nämlich, als das eine Ende des Schleppnetzes aus der Strömung an Land gezogen wurde, wo schon das andere Ende des Netzes lag. Das nennt man halt so ...«

Am Fluss Buolbmátjohka

»Wirf doch noch einen größeren Stein in das Netz, damit wir sehen, ob da Fische drin sind«, fordert der Vater Nigá auf. Nigá schlägt mit einer Stange aufs Wasser und lässt einen Stein ins Netz plumpsen, so wie sein Vater es möchte.

Zwei Leute staken ein kanuähnliches Boot den Fluss Badje-Buolbmátjohka aufwärts und weichen den Steinen und Felsblöcken gekonnt aus. Áhkku, die Großmutter des Nachbarn, steht im Heck des Bootes, und Nigás Vater steuert das Boot vorn. Nigás Mutter geht zu Fuß am Flussufer entlang. Weil der Fluss so viele Biegungen und Kurven macht, kann sie den Weg über zahlreiche Landvorsprünge abkürzen. Nigá hilft vom Ufer aus den beiden Stakenden, indem er das Boot mit einem Seil ziehen kann, falls sie in eine stärkere Strömung geraten. Am Bug des Bootes ist ein Seil festgebunden und der Vater knotet das andere Ende des Seils an eine Ruderdolle und wirft das Tau bei Bedarf zu Nigá hinüber.

Nachdem sie den ganzen Tag unterwegs gewesen sind, kommen sie endlich an eine kleine Stromstille, einen Pool, wo die Strömung sehr gering ist. Dort am Ufer steht ihre aus Torfstücken errichtete Hütte.
»Schau mal, da vorn ist die Stromstille Goahteluoppal», flüstert die Mutter Nigá zu, als sie auf einen abgerundeten Hügel klettern. Von dort oben eröffnet sich ein schöner Ausblick sowohl auf die Stromstille als auch auf die steile Anhöhe, die hinter der Stromstille zu sehen ist.
»An diesem Landvorsprung versammeln sich große Hechte», bemerkt die Mutter und genießt dabei die wunderschöne Landschaft.
»Da gegenüber befindet sich unsere Fischerhütte, in der wir

übernachten können», erzählt die Mutter weiter und beginnt, ihre Schritte zu beschleunigen. Nach einer Weile taucht wieder eine Stromstille auf. Sie sehen, dass am Ufer Nigás Vater und Áhkku bereits mitten in der Arbeit stecken.
»Diese Stromstille heißt Mártenašjorbmi und sie ist die beste Schleppnetzstelle für den Lachsfang«, erklärt die Mutter ihrem Sohn, bevor sie zum Flussufer hinabsteigen.
»Oh! So viele Fische gibt es hier«, rutscht es Nigá heraus, als er ein paar Fische an die Wasseroberfläche springen sieht. Der strenge Blick seiner Mutter sagt ihm aber, dass die Fischer nicht zu viel reden dürfen.
In dem Moment zieht der Vater gerade das Zugnetz an Land.
»Ihr müsst jetzt anfangen, die Beutel, die an der Unterleine des Netzes hängen, mit Steinen zu füllen», fordert der Vater sie auf und zeigt den anderen, was sie zu tun haben. Nachdem sie alle Beutel mit Steinen befüllt haben, legt der Vater das Netz auf dem Boden des Ruderbootes zusammen.
»Nigá, lauf du nun auf den Landvorsprung zum anderen Ende der Stromstille. Nachdem wir das Netz im Wasser gerade ausgerichtet haben, musst du so schnell wie du kannst, Steine ins Wasser werfen», erklärt der Vater seinem Sohn.
Sobald Nigá sieht, dass das Netz im Strom gerade wird, und seine Mutter mit dem ufernahen Ende des Netzes auf ihn zukommt, beginnt er schnell damit, Steine ins Wasser zu werfen. Gleichzeitig nähert sich das Boot dem Landvorsprung und bald darauf springen Vater und Áhkku mit dem anderen Ende des Netzes an Land.
»Wirf noch so lange Steine ins Wasser, bis das Ende des Netzes ans Ufer kommt», ruft der Vater Nigá zu. Nigá wirft daraufhin noch schneller Steine in den Fluss.
Im gleichen Moment stürmen die ersten Fische Richtung Netz. Nigá möchte am liebsten vor Freude aufschreien, aber er weiß, dass es jetzt nicht gut wäre, den Vater darauf aufmerksam zu machen. Als das Netz sich bereits ziemlich in der Nähe des Ufers befindet, fordert der Vater seinen Sohn

auf, einen noch größeren Brocken ins Wasser zu werfen. Dann kann er sehen, was sich im Netz eigentlich alles verfangen hat. Nigá sucht einen passenden Stein und lässt ihn in die Stromstille plumpsen.
Oh, was für ein Gezappel es nun im Netz gibt! Der Netzsack glänzt ganz silbern, als Dutzende Fische das Wasser aufspritzen lassen und zum Netz schießen. Nigá spürt, wie sein Herz vor Freude heftig klopft. Er schaut heimlich den anderen Leuten zu und sieht, dass alle zufrieden lächeln. Er bemerkt aber auch, dass einige Fische übers Netz in die Freiheit springen.
»Vati, siehst du wie die Fische übers Netz springen?»
»Das macht nichts, wir lassen sie entkommen, damit sie laichen können. Wir brauchen ja auch noch in Zukunft Fisch«, tröstet der Vater Nigá, weil der so ungeduldig ist.

Als sie alle Fische im Boot und das Netz auf dem Sandfeld am Ufer ausgelegt haben, merkt Nigá erst, wie nass er ist. Er spürt, dass Kälte in der Luft liegt, weil die Mitternachtssonne bereits hinter der Anhöhe Luossavárri verschwunden ist.
»Gehen wir jetzt zur Torfhütte», sagt der Vater, weil er sieht, wie sehr sein Junge friert.

***

Nigá sitzt nun in der Torfhütte auf Birkenzweigen. Er trocknet sein Hemd am offenen Feuer und dreht sich von einer Seite auf die andere, dem lodernden Feuer zu. Die anderen Kleidungsstücke hat er an der Wand zum Trocknen aufgehängt. Nigá muss neben dem Kleidertrocknen auch noch auf die auf Holzstöckchen gespießten Fischstücke achtgeben und schauen, dass sie nicht verbrennen oder ins Feuer fallen. Die anderen sind ans Flussufer gegangen, um die restlichen Fische auszunehmen und sie im Wasser zu säubern.

»Ob der Fisch am Bratstock bereits gar ist und ich ihn umdrehen kann?«, überlegt Nigá und streckt seine Hand nach dem ihm nächsten Spieß aus.
»Nein, der Fisch muss noch weiter gebraten werden, bevor ich ihn wenden kann», bemerkt er, weil sich nach einem Versuch nur der fettige Spieß dreht und nicht der Fisch. Er wirft einen Blick zur Tür hinaus und sieht, dass die anderen immer noch am Ufer hocken und mit dem Säubern der Fische beschäftigt sind.
Gut, dass die Sonne bereits um die Anhöhe Luossavárri gekreist ist und jetzt schon zu wärmen beginnt, freut sich Nigá und zieht sich wieder in die Hütte zurück.

Endlich erscheint Mutters Gesicht in der Tür.
»Oh, was für ein leckerer Geruch von frisch zubereitetem Fisch kommt mir entgegen, wo ich die Tür öffne! Das wird ein Genuss, jetzt frischen Lachs zu essen», meint die Mutter fröhlich und setzt sich neben ihren Sohn.
»Dieses Fischstück ist sicher für mich, weil es ziemlich gar aussieht«, sagt die Mutter und nimmt das erste Lachsstück in den Mund. Nigá ist auch hungrig und möchte ebenfalls ein Stück essen. Er wartet jedoch solange, bis Vater und Áhkku ihre Fischstücke gewählt haben. Die beiden kommen gerade jetzt herein und setzen sich neben die Feuerstelle.
»Ein Hecht war so mächtig, dass ich ihn kaum noch ausnehmen konnte. Er hatte bestimmt viele kleine Fische gefressen, weil er so dick war», erzählt Áhkku und nimmt einen Lachsbissen in den Mund.
»Ich schneide noch mehr Fisch in Stücke. Nigá, du musst jetzt ordentlich essen, denn du hast uns so viel geholfen. Aus dir wird einmal ein tüchtiger Fischer, wenn du groß genug bist. Du bist schon jetzt ein so kräftiger Junge«, lobt die Mutter ihren Sohn und geht schnell hinaus, um noch mehr Fisch für ein paar weitere Spieße zu holen.

Der Angelblinker Jávrráhkku

Nigá wacht vom Surren seiner Angelrolle auf und stürzt aus dem Zelt.
»Oje, oje! Jetzt nimmt er meinen neuen, guten Blinker mit«, jammert Nigá. Er greift nach seiner Angelrute und beginnt den Schafbock wie einen Fisch müde zu zurren.

Nigá und sein Vater Jovnna stehen in der Stube über eine Sitzbank gebückt und betrachten eine Delle, die im Holz der Sitzbank deutlich zu erkennen ist. Schon seit ewigen Zeiten nimmt man sie als Selbstverständlichkeit hin und denkt, dass sie einfach dazu gehört.

»Vati, warum gibt es auf dieser Sitzbank eigentlich so eine Delle?«, fragt Nigá und dreht seinen Finger in der abgenutzten Stelle hin und her.
»Das ist die Druckstelle für Jávrráhkku«, antwortet der Vater und lächelt geheimnisvoll. »Wir haben früher immer an dieser Stelle Blinker für den Lachsfang geformt. Wir nannten unsere Blinker Jávrráhkku und sie waren die besten Fischköder am Fluss Deatnu«, sagt der Vater stolz und berührt die abgewetzte Stelle sanft mit seinem Finger.
»Wie kann man denn in dieser Delle Angelblinker formen?« fragt Nigá neugierig weiter.

»Man braucht einen Topf aus Kupfer oder Messing, aus dem man ein kleines Stück herausschneiden kann. Dieses Stück kann man dann zu einem Blinker formen«, erklärt der Vater. »Dein Opa war ein Meister bei der Herstellung dieser Köder aus Metall. Mit seinen Blinkern haben wir reichlich Lachs aus dem Deatnu herausgeholt«, lobt der Vater den verstorbenen Meister.

»Kannst du auch Blinker selbst machen?«, fragt Nigá und wartet gespannt auf Vaters Antwort.
»Ja, ich habe schon einige gemacht und habe mit ihnen immer einen guten Fang bekommen«, antwortet der Vater mit Bedacht.
»Vati, bitte mach mir so einen Blinker«, schlägt Nigá begeistert vor.
»Tja, ich könnte es ja mal versuchen. Wir müssten aber zuerst einen passenden Topf dazu finden«, antwortet der Vater und steht auf, um Holz im Kamin nachzulegen. Im gleichen Moment läuft Nigá blitzschnell hinaus. Er will sofort nachschauen, ob er vielleicht etwas Passendes im Hohlraum unter dem aufgebockten Speicher finden würde.
Hier habe ich einmal einen alten Kupferkessel gesehen. Ob der gut genug wäre, überlegt Nigá, während er unter den Speicher kriecht.

Bald darauf rennt er voller Siegesfreude in die Stube zurück.
»Vati, Vati, hier haben wir so einen Kessel, aus dem man einen Blinker machen könnte!«, sprudelt Nigá aufgeregt. Der Vater dreht und wendet den Kessel in seinen Händen.
»Ja, der wäre genau das Richtige. Aber ob wir es wagen können, diesen Kessel kaputt zu machen? Du weißt, deine Mutter verarbeitet da drin doch Felle mit Gerbmitteln zu Leder.
»Doch, wir müssen. Ich will doch bald zum Fluss Deatnu zum Angeln und habe keinen guten Blinker«, sagt Nigá mit Nachdruck und blickt den Vater erwartungsvoll an.
»Frag doch erst einmal deine Mutter«, empfiehlt der Vater. Er ist davon überzeugt, dass er sich mit diesem Rat aus der Klemme helfen kann. Nigá geht eilig hinaus und kommt genauso schnell wieder in die Stube zurück.
»Mutter hat uns diesen Kessel überlassen, weil sie einen ähnlichen von unserer Nachbarin bekommen hat«, ruft Nigá freudestrahlend und wedelt mit dem Kessel vor Vaters Nase.
»Jetzt können wir einen neuen Angelblinker für mich machen!«

Der Vater schneidet mit der Blechschere ein Stück aus dem Kessel heraus. Dann nimmt er einen kleinen Hammer in die Hand, legt das Blechstück auf die Delle in der Sitzbank und beginnt vorsichtig, das Blech zu bearbeiten. Nigá beobachtet sehr aufmerksam jede einzelne Bewegung seines Vaters. Nach langem und sorgfältigem Hämmern nimmt das Blech seine gewünschte Form an.
»Hol mir eine Feile aus dem Speicher«, fordert der Vater Nigá auf und bringt seinen Sohn damit schnell in Bewegung.
Mit der Feile formt der Könner nun aus dem Blechstück einen Blinker.
»Hol mir jetzt einen Spindelwirbel!«
»Was ist denn das für ein Ding?«
»Der Spindelwirbel ist wie ein kleiner Bohrer, mit dem man Löcher bohren kann«, erklärt der Vater und zeigt mit seinen Händen, wie dieses alte Werkzeug aussieht.
Nigá erinnert sich daran, so ein Werkzeug einmal im Speicher gesehen zu haben, und läuft es schnell holen. Mit dem Spindelwirbel bohrt der Vater ein Loch in beide Enden des Blechstückes. Dann zieht er zwei Sprengringe durch die Löcher. An dem einen Loch befestigt er den Angelhaken und auf der anderen Seite eine kleine Spule. Danach knotet er den Wirbel an die Angelschnur. Zum Schluss nimmt der Vater mit nassen Fingern etwas Asche aus dem Ofen und reibt den Blinker so lange, bis er glänzt.

***

Einige Tage später genießt Nigá die Morgensonne am Fluss Deatnu und plantscht mit seinen Füßen im Wasser. Er erinnert sich nun an die Ereignisse der letzten Nacht:

Nigá war einen Unterlauf entlang vom See Buolbmátjávri bis nach Horbmá in Norwegen gerudert und stakte dann mit der Stange den Fluss Deatnu aufwärts weiter. Er suchte am Ufer einen guten Zeltplatz aus und schlug sein Lager auf. Danach aß er etwas und genoss die Vorfreude auf seinen Lachsfang.

Bereits seine erste Fahrt den Fluss abwärts führte zum Erfolg. An seinen neuen Blinker biss ein prachtvoller, großer Lachs an. Nigá schnitt sich ein Stück von dem Fisch ab und briet es am Holzspieß über dem lodernden Lagerfeuer. Er aß den köstlichen Lachs, um seinen knurrenden Magen zu besänftigen, floh dann vor den Mücken ins Zelt und verfiel in einen wohl verdienten Schlaf.

***

Nigá wacht vom Surren seiner Angelrolle auf und stürzt aus dem Zelt.
»Oje, oje! Jetzt nimmt sich doch ein Schaf meinen neuen, guten Blinker«, jammert Nigá und packt nach seiner Angelrute, an der die Rolle surrt.
»Das blöde Schaf! Wie ist das bloß mit seiner Wolle an meinem Blinker hängengeblieben?
»Das ist ein Schafbock und jetzt will er doch tatsächlich mit meinem guten Blinker verschwinden«, macht Nigá seinem Ärger Luft.

Der Schafbock lässt sich aber gar nicht so leicht müde machen. Nigá ist nur zur Hälfte angezogen und hat weder Schuhe an noch eine Mütze auf, sodass er ein gefundenes Fressen für die Stech- und Kriebelmücken ist.
Dieser ganze Zirkus beginnt ihn langsam nervös zu machen.
»Wenn du mir meinen neuen Angelblinker wegnimmst, lasse ich dich so lange hin und her laufen, bis du umfällst. Und ich werde dich auf jeden Fall bestrafen und, und...«, erregt sich Nigá.
Nachdem die beiden Kampfhähne bereits geraume Zeit im Buschwerk ringsum mit Rufen und Blöken großen Lärm ver-

anstaltet haben, stolpert Nigá und bleibt mit seiner Hose an einem Zweig so fest hängen, dass sein Stoffgürtel zerreißt. Nun bräuchte Nigá bereits drei Hände, um mit einer seine Hose hochzuziehen, mit der zweiten Hand die Angelrute zu halten und mit der dritten an der Angelrolle zu drehen. Es bleibt ihm also nichts weiter übrig, als seine Hose abzustreifen, damit er den Schafbock besser müde kriegen kann. Der Schafbock macht eine Fehlwendung und plötzlich stehen sich die beiden Aug in Aug gegenüber.

»Stopp, mein neuer Blinker steckt in deiner Wolle«, schreit Nigá den Schafbock an. Er starrt ihm in die Augen, als ob sein Gegenüber verstehen würde, was los ist. Der Schafbock bekommt einen heftigen Wutanfall, weil Nigá so laut brüllt, und beginnt sich so auf die Lippen zu beißen, dass er Schaum vor den Mund bekommt. Als die beiden bereits ganz nah voreinander stehen, fällt Nigá ein Rat ein, den sein Vater ihm einmal gab.

»Wenn ein zorniger Schafbock dich angreift, musst du dich sofort auf die Erde werfen, damit er dich mit seinen Hörnern nicht erwischen kann.«

»Määäääh!«, hört Nigá jemanden hinter der Anhöhe seine Schafe zu sich rufen. Die Schafe, die den Kampf zwischen Nigá und dem Schafbock neugierig beobachtet haben, beginnen jetzt in Richtung dieser Anhöhe zu laufen. Nigá wird plötzlich bewusst, dass er immer noch keine Hose anhat, und versteckt sich deshalb hinterm Gebüsch. Der Schafbock stutzt und wendet sich abrupt von Nigá ab. Im gleichen Moment landet der Blinker neben Nigá.

»Na, Ende gut, alles gut!«, denkt Angler Nigá wenig später lächelnd, stößt sein Boot vom Ufer ab und lässt seinen neuen Blinker wieder in den Fluss sinken.

Der Wassergeist

Nigá bewundert am Flussufer den prachtvollen, von ihm selbst gefangenen Fisch und macht sich gleichzeitig Gedanken, was wohl sein Vater zu ihm sagen wird, weil er ohne dessen Erlaubnis zum Fluss gegangen ist. In dem Moment taucht ein bärtiges Gespenst mit aufgeblähten Nasenlöchern aus dem Wasser auf.

Es ist bereits Spätherbst, als sich Nigá, seine Eltern und ihr Knecht Ásllat auf der Weidefläche Stuorrasieđka in ihrer Zeltkote am lodernden Feuer wärmen. Über dem Feuerrost hängt ein Kochtopf, in dem Bachforellen vor sich hingaren, die sie aus einem Pool des Flusses Viercajohka herausgeholt hatten. Auf dem Herdstein wartet außerdem frisch gekochter Kaffee auf sie. Nach der anstrengenden Heuernte liegen die Erwachsenen nun erschöpft neben dem Feuer auf Rentierfellen. Nigá ist der Einzige, der noch voller Energie steckt und nicht schlafen möchte.

»Vati! Was ist eigentlich ein Wassergeist?«, fragt er plötzlich.

»Das ist ein sehr böses Gespenst und haust in allen möglichen Gewässern«, antwortet sein Vater müde.

»Vati, hast du schon mal einen Wassergeist gesehen?«, fragt Nigá weiter.

»Ja, ja. Dieses spukende Wesen sieht sehr hässlich aus und reißt gerne Kinder mit sich in die Tiefe, falls sie zu nah am Eisloch oder an einem tiefen Fluss spielen.«

»Weißt du, ob so ein Wassergeist auch im Fluss Viercajohka lebt?«, will der neugierige Nigá wissen.

»Bestimmt«, brummt sein Vater und beginnt zu schnarchen.

Die Mutter steht vom Rentierfell auf. Sie stellt den Kochtopf beiseite, nimmt die Bachforellen aus dem Topf und legt sie in eine Holzschüssel. – »Das Essen ist fertig!«, ruft sie. Bald stehen alle schlaftrunken auf und kramen ihre Holzschüsseln hervor. Nachdem sie sich satt gegessen haben, legen sie sich sofort wieder hin zum Schlafen.

Nigá ist jetzt in der Zeltkote der einzige, der immer noch nicht müde ist. Das Bild des Wassergeistes geht ihm nicht aus dem Sinn. Er ist so von diesem Gespenst begeistert, dass er sich unbemerkt hinausschleicht, seine Angel nimmt und zum Fluss geht, um zu angeln.

Nigá fischt mit einer Angelrute, die sein Vater aus Espenholz selbst angefertigt hat. An der Spitze der Rute hat er die Angelschnur festgebunden und am Ende der Schnur ist eine kleine Fliege befestigt. Die Angelrute ist so lang, dass er seine Fliege bis zur Stromstille auswerfen kann. Er bemerkt mit Freude, dass die Fische auf seine Fliege gut ansprechen. Bis jetzt ist es ihm jedoch noch nicht gelungen, einen Fisch an Land zu ziehen. Nigá geht vorsichtig den Fluss abwärts, weil er auf diese Weise seine Fliege noch besser in die Flussmitte auswerfen kann, und tatsächlich beißen die Fische jetzt richtig gut an. Nigá zieht gleich eine Bachforelle im hohen Bogen ans Ufer, wo sie zappelnd liegen bleibt. Gekonnt löst er den Fisch vom Haken und keult ihn mit einem Knüppel.

Ganz begeistert wirft Nigá seine kleine Fliege erneut ins Wasser. Gleich darauf beißt eine so große Bachforelle an, dass er beinahe selbst in den Fluss purzelt. Er greift nach einem Weidenbusch und kann sich nun wenigstens vor dem Nasswerden retten.
Nigá gelingt es mit Müh und Not, seinen großen Fang an Land zu ziehen. Doch plötzlich reißt sich der Fisch vom Köder los und springt in Richtung des Flusses. Der Junge stürzt sich auf den Fisch, bekommt ihn in den Griff und versucht ihn weiter weg vom Fluss zu tragen. Der glitschige Fisch entwischt jedoch Nigás Händen und schafft es erneut Richtung

Wasser. Ungeduldig versucht Nigá jetzt den Fisch mit seinen Füßen vom Fluss wegzutreten, aber umsonst. Der Fisch entkommt in eine Wasserkuhle und verschwindet sofort zwischen den Pflanzen.

Eine echte Fischjagd beginnt. Nigá macht seinen Oberkörper frei und fischt mit den Händen nach der Forelle. Er greift nach dem Fisch, kann allerdings das schleimige, glitschige Flossentier nicht richtig zu fassen bekommen. Nigá setzt sich für eine Weile aufs Brettergerüst eines Heuschobers, um darüber nachzudenken, wie er seine Fangtaktik verbessern könnte.

Ihm bleibt nichts anderes übrig, als sich ganz auszuziehen und zu versuchen, noch einmal nach dem Fisch zu greifen. Nachdem er eine Zeitlang in der Wassergrube nach seiner Forelle getastet hat, bekommt er den Fisch endlich zu fassen und wirft ihn schnell ans Ufer. Japsend erchlägt er den Fisch und bewundert dann seine mit Mühen selbst gefangene, prachtvolle Bachforelle.
Ich habe noch nie einen so großen Fisch bekommen, freut sich Nigá und zieht sich gleichzeitig an. Doch ist seine Begeisterung für das Angeln mit diesem Erfolg noch nicht befriedigt. Darum beschließt er weiter zu angeln, nur sieht es so aus, dass die Fische jetzt nicht mehr so richtig anbeißen wollen ... bis ...
»Meine Güte! Ein Wassergeist!«, schreit Nigá erschrocken auf, als ein schwarzer Kopf mit Bart aus dem Wasser emportaucht.

Nigás ganzer Körper erstarrt vor lauter Schreck fast zu einer Salzsäule, sodass er nicht einmal fortlaufen kann. Der Wassergeist starrt den Jungen mit seinen großen Augen an, als ob er Nigá angreifen möchte. Langsam besinnt sich Nigá und geht vorsichtig einige Schritte rückwärts vom Ufer fort, bevor er sich umdreht und schnell zur Kote rennen will. Dabei sieht er seine große Bachforelle auf der Erde liegen und packt sie sich unauffällig unter seinen Arm. Beim Laufen hat er jedoch das Gefühl, als ob ihm jemand im Nacken sitzen würde. Nigá schaut ungeduldig nach hinten und fällt auch noch ins Moos.

»Vati, Vati! Ich habe den Wassergeist gesehen«, schreit Nigá sofort, als er die Zelttür öffnet. Alle springen noch schläfrig auf und schauen den Jungen erstaunt an.
»Den Wassergeist? Den gibt es doch gar nicht«, bringt Ásllat endlich heraus und reibt sich den Schlaf aus den Augen.
»Doch, natürlich gibt es den«, sagt die Mutter und schaut den Vater an.
»Wie sah denn dein Wassergeist aus?«, fragt sein Vater und zwängt sich hoch.
»Wo hast du denn so einen Wassergeist gesehen? Du darfst doch nicht alleine zum Fluss gehen«, fragt sein Vater nach.
»Naja, immerhin habe ich eine große Bachforelle bekommen«, verteidigt sich Nigá und windet sich aus der Zeltkote ins Freie.
»Es kann gut sein, dass du einen Fischotter gesehen hast«, meint Ásllat und kriecht ebenfalls aus der Kote.

***

Nach dem Essen und dem Kaffeetrinken haben sie wieder alle Hände voll zu tun. Ásllat mäht die Wiese, der Vater repariert das Brettergestell und die Mutter schichtet das Heu auf. Nigá muss mit einer Sichel Heu für die Schuhe abschneiden. Er arbeitet an einem dafür günstigen Platz. Dort wächst unter Weidengebüschen gutes, dünneres Schilfgras, das für die Fellschuhe gut geeignet ist. Als Nigá in seiner linken Hand so viele Halme hat, dass seine Finger es gut festhalten können, flechtet er das Heu jeweils zu einem Kranz, um diesen für später als Vorrat aufzubewahren. Nachdem er eine Zeitlang fleißig gearbeitet hat, schichtet er die Schuhheu-Gebinde wie kleine Heumännchen aufeinander, schnürt die Last zusammen und packt sie sich auf seinen Rücken.

Nachdem Nigá die anderen erreicht hat, bleibt er stehen, um ihnen bei ihrem fleißigen Arbeiten zuzuschauen. Der Vater schüttelt das Heu und schichtet es dann auf. Die Mutter gibt dem fertigen Heuschober den letzten Schliff, wobei sie den Schober mit einem aus Weide gefertigten Schutzdach bedeckt. So kann der Wind das Heu nicht wegblasen. Nigá sieht, wie Ásllat Schuhheukränze aufreiht und sie dann mit einer Schnur zum Heuschober zieht. Nigá schaut den Knecht verschmitzt an. Er genießt es sichtlich, weil aus dem nassen Heu direkt Wasser in Ásllats Hose fließt und die Hose gleichzeitig bedrohlich herunterrutscht.
«Der Knecht hat heute bestimmt einen nassen Hintern«, denkt sich Nigá mit Schadenfreude und verschwindet in der Zeltkote. Er ist hungrig und weiß, dass im Rucksack noch etwas vom Ziegenkäse übriggeblieben ist.

***

Die Sonne ist bereits hinter dem Hügel Stuorrasieđga verschwunden, als die Mutter und Nigá, ihre Schuhheu-Lasten schleppend, den bekannten Pfad nach Hause entlanggehen. Obwohl Nigá eine für seine Größe echt schwere Last auf seinem Rücken trägt, hat er doch seinen großen Fisch gleichwohl am Ufer nicht vergessen. Kurz bevor sie sich auf den Weg nach Hause begaben, ärgerte Ásllat ihn großspurig und sagte, dass er Nigás große Bachforelle als sein Abendbrot verspeisen werde.
Doch kurz darauf zog Nigá seinen Samendolch aus der Scheide heraus, suchte einen passenden Reisigzweig, hing seinen Fisch mit den Kiemen an dem Zweig auf und machte sich mit seiner Mutter auf den Weg nach Hause.

»Mutti, wie weit ist es noch bis zum großen Fels?«, fragt Nigá ganz erschöpft.
»Bis dahin ist es nicht mehr so weit. Wir sind gleich da«, tröstet ihn die Mutter.
Nach einer Weile erreichen sie den Gesteinsbrocken, bei dem sie sich immer ausruhen, wenn sie mit ihren schweren Lasten auf diesem Pfad unterwegs sind.
»Mutti, ich höre schon die Glocke unserer Kuh Stierdná läuten und wie sie muht. Sie kommt nach Hause und versucht, die anderen Kühe anzutreiben.«
»Ja, im Spätherbst gibt es überall so viele Pilze, die die Kühe so gerne fressen, dass sie gar nicht vom Weideland zurück nach Hause kommen wollen. Aber unsere Stierdná ist da etwas anders, denn sie liebt ihr Zuhause doch sehr«, lobt Elle ihre Kuh.

Als ihr Haus endlich in Sichtweite ist, steht Stierdná bereits vor dem Zaungatter und wartet auf ihre Melkerin.

Das schneeweiße Rentier

»Du bekommst von mir das weiße Rentierkalb geschenkt«, hört Nigá wie in einem Traum.
»Danke dir Opa, vielen Dank!«, kann Nigá nur stotternd antworten und versucht, die Tränen zu verbergen, die ihm über die Wangen laufen. Ich habe jetzt ein eigenes, schneeweißes Rentier. Áddjá, mein Großvater, hat es mir geschenkt, denkt Nigá und ist überglücklich.

Nigá sitzt am Fenster und beobachtet den mit Reisigzweigen abgesteckten Weg über das Eis, der sich über den großen See Buolbmátjávri schlängelt. Er hat von den Erwachsenen erfahren, dass sein Opa heute mit der großen Rentierherde zu einem neuen Weideland zieht. Er wird den See entlangfahren und seine Herde über Nacht auf die nahegelegene Anhöhe treiben. Nigás Onkel Jovnna-Ánde kam am gestrigen Tag mit seiner Rentierkarawane zu ihnen, weil auch er seine Rentierbullen auf das gleiche Weideland bringen wollte. Er bleibt nun ein paar Tage bei Nigá zu Besuch, und heute Morgen durfte Nigá sogar mit seinem Onkel die Rentiere auf das neue Flechtengebiet führen.

Jetzt schaut Nigá zum Vorratsgestell und sieht dort einen Leitschlitten und fünf umgedrehte Schlitten von der Rentierkarawane des Onkels. Eine Elster hüpft um die Kufen herum und versucht unter den Schlitten etwas Leckeres zu finden. Die Katze Sigge hat den Vogel bemerkt und hat offenbar einen Elsterbraten im Sinn, denn sie schleicht in besagte Richtung. Aufmerksam behalten die Tiere sich gegenseitig im Blick. Die Spannung steigt, doch dann bemerken beide, dass der Hund von Jovnna-Ánde unter dem Zugschlitten liegt und die beiden Heranschleichenden von dort aus heimlich beobachtet.

Ein Unglückshäher erkennt ebenfalls, dass da beim Vorratsgestell etwas los ist. Deshalb fliegt er neugierig zwischen dem Heuschober und dem Holzstoß sowie dem Stapel mit Langholz hin und her. Eine Meise dagegen pickt an einem Stückchen Dörrfleisch, weil sie ein passendes Loch im Schutznetz gefunden hat und so zum leckeren Rentierfleisch schlüpfen konnte.

»Mutti! Jetzt kann ich auf dem See etwas Schwarzes sehen«, ruft Nigá und vergisst gleichzeitig alles andere. Er zieht seine Mütze über die Ohren und stürmt schnell hinaus.

***

Nigá steht mit seinem Onkel und dessen Hund am Rande eines Sandhügels und beobachtet von dort aus die große Karawane von Rentierschlitten, die jetzt den See erreicht. Als die Herde über den See zieht, sieht sie wie eine lange Schlange aus, aber als sie näher kommt, kann Nigá sogar einzelne Rentiere voneinander unterscheiden. Natürlich erkennt er sofort sein eigenes, schneeweißes Rentier wieder, mit dem der Opa die ganze Rentierherde, die aus kleineren Einheiten besteht, anführt. Hinter dem Leitschlitten trottet ein Rentier als Reserve-Zugtier mit einer bimmelnden Glocke. Am Ende der Herde laufen zwei Männer auf Skiern, die beide noch einen Hund bei sich haben. Nigá weiß, dass ein Hirtenhund zu Hilfe eilen muss, wenn ein Rentier aus der Herde fortzulaufen versucht. Einer der beiden Hunde holt den Flüchtling dann schnell wieder zurück.
Áddjá besitzt wirklich eine sehr große Rentierherde, überlegt Nigá und bickt der Herde voller Bewunderung nach, als Opas Rentiere an ihrem Haus vorbei zur Winterweide ziehen und auf die Anhöhe steigen.

***

Nigá denkt jetzt an den Tag zurück, als sein Opa ihm das weiße Rentierjunge schenkte:
»Du bekommst von mir dieses weiße Rentierkalb geschenkt«, sagte sein Opa und zeigte gleichzeitig auf das so besondere Rentier, das Nigá anschaute.
»Danke dir Opa, vielen Dank!«, konnte Nigá nur stotternd antworten und schaute seinen lieben Opa zärtlich an. Nigá ging nur noch ein Gedanke durch den Kopf:
»Ich habe ein eigenes, schneeweißes Rentier. Áddjá, mein Großvater hat es mir geschenkt.«

***

Am Abend herrscht beißende Kälte und der Vollmond scheint. Nigá und seine Mutter Elle sind zu zweit zu Hause geblieben, weil die Rentiermänner nach Buolbmát gefahren sind. Der Vater ist jetzt auch nicht zu Hause, sondern bringt mit seinem Pferd Holz ins Dorf Ohcejohka zu einem Nigá unbekannten Mann.
Opas Rentierknechte hatten Nigá erzählt, die Herde weide jetzt auf dem nahegelegenen Hügel und ein älterer Rentierhirte bewache während der Nacht die Herde. Nigá ist in Gedanken versunken und wird hin und wieder bloß dadurch gestört, dass bei dem klirrenden Frost die Balken ihres Hauses krachen. Die Mutter hat mit dem Nähen der Fellschuhe sehr viel zu tun. Nigás Aufgabe ist dabei, das Fell der Rentierläufe weich zu gerben. Nachdem er alle vier Rentierläufe vorbehandelt hat, holt er einen Topf mit einer Lauge aus aufgeweichter Weidenrinde. Er reibt die Rentierläufe mit dem Sud ein, stapelt sie dann aufeinander und legt Weidestreifen dazwischen. Zum Schluss schiebt er sie über Nacht unter einen schweren Holzkasten, der als Pressgewicht dient.

Es ist bereits spät am Abend, als das Heulen der Wölfe vom See in die Stube dringt. Dem ersten Heulen schließt sich ein zweites an und kurz darauf noch ein drittes Geheul. Die Stimmen kommen von verschiedenen Seiten der nahegelegenen Fjälls. Nigá schmiegt sich an seine Mutter und hat das Gefühl, als ob jemand mit kalten Händen über seinen Rücken streichen würde. Von draußen hört man die Wölfe immer noch laut heulen. Nun sind die Raubtiere bereits ganz in der Nähe ihres Hauses. Man kann deutlich vernehmen, wie sogar den Wölfen die Zähne klappern, und Nigá bekommt deswegen noch mehr Angst.

»Nun denn, jetzt muss ich aber endlich die Kühe melken. Bleibst du in der Stube oder kommst du mit?«, fragt die Mutter Nigá. Für den Jungen ist das keine Frage, denn natürlich geht er mit. Im Kuhstall stellt sich Nigá unter das Maul der Kuh Stierdná, weil er sich dort in Sicherheit wiegt. Er merkt, dass auch die Kühe auf das lauter werdende Heulen der Wölfe achten. Plötzlich ist jedoch alles ganz still.
»Es ist möglich, dass die Wölfe jetzt Áddjás Herde angreifen«, sagt die Mutter ernst, nimmt die Melkeimer in die Hand, löscht das Licht der Öllampe, geht zurück in die Wohnstube, und Nigá folgt ihr auf dem Fuße.

Als sie wieder im Haus in Sicherheit sind, will Nigá noch mehr wissen und fragt seine Mutter: »Die Wölfe werden doch nicht mein schneeweißes Rentier fressen, oder?«
»Nein, das glaube ich nicht. Dein Opa hat dir doch ein schnelles Tier geschenkt. Es gelingt ihm bestimmt, vor den Wölfen zu fliehen«, versucht die Mutter ihren Sohn zu beruhigen.

In der Nacht träumt Nigá von einem Wolfsrudel, das sein Rentierkalb verfolgt. Die Wölfe sind gerade dabei, sein Rentier einzuholen, als er aufwacht und feststellt, dass bereits der Morgen graut. Er zieht sich schnell an und läuft auf Skiern zum Seeufer, um auf dem Eis die Wolfsspuren genauer zu begutachten. Aus den Spuren schließt Nigá, dass einige

Wölfe am Seeufer in Richtung Anhöhe zu den Rentieren gelaufen sind. Sie sind bei ihrem Haus stehen geblieben und haben da zu heulen begonnen. Dann sind sie weitergezogen.

Als Nigá die Wolfsspuren der letzten Nacht verfolgt, bemerkt er, dass seine Mutter am Seeufer entlang den schweren Schlitten mit Wasserfässern zieht.
»Nigá, komm mal her und hilf mir, den Schlitten zum Kuhstall zu ziehen«, bittet ihn die Mutter. Als das Gefährt vor dem Kuhstall steht, kann Nigá nicht mehr länger warten, sondern fragt seine Mutter ungeduldig:
»Haben die Wölfe mein Rentier erwischt?«
»Wieso das denn?«
»Weil sie ihm in meinem Traum nachgelaufen sind und gerade dabei waren, es einzuholen, als ich aufgewacht bin.«
»Denke gar nicht daran, dass die Wölfe dein Rentier angegriffen haben könnten. Ich bin überzeugt davon, dass dein Ren viel schneller als die Wölfe ist. Dein Opa hätte dir doch kein schlechtes Rentier geschenkt«, versucht die Mutter ihn erneut zu beruhigen.

Am Abend kommen die erschöpften Rentierhirten einer nach dem anderen nach Hause. Nigá erfährt, dass die Wölfe vierunddreißig Rentiere getötet haben. Das ganze Wolfsrudel bestand aus zwölf Wölfen, die außerdem noch die ganze Rentierherde weit auseinandergetrieben haben. Der Großvater kommt deshalb als Letzter erst spät am Abend in die Stube. Nigá fasst sich ein Herz, geht zu ihm und fragt:
»Áddjá, haben die Wölfe mein schneeweißes Rentierkalb gefressen?« Nigás Frage hat einen angsterfüllten Klang, den seine flehend blickenden Augen noch verstärken.
»Haben sie nicht, mein Junge, dein Rentier ist bei der Herde geblieben«, beruhigt ihn der Großvater. »Es geht ihm gut!«

Die Golduhr

»Schau mal, was für eine echte Golduhr ich hier habe«, sagt Nigá. Er zeigt Risten seinen Schatz und gibt ihr dann die Uhr. – »Diese Uhr gehört mir und ich kann sie dir schenken.«
»Das ist doch nicht deine Uhr, sie gehört bestimmt deiner Mutter«, antwortet Risten, um Nigá zu ärgern.

Nigá hat Besuch aus dem Dorf Buolbmát bekommen. Sein Gast ist ein gleichaltriges Mädchen und heißt Risten. Sie darf heute mit Nigá spielen, weil ihre Eltern in die Stadt Čahcesuolu nach Norwegen gefahren sind, um dort einzukaufen. Begeistert hat Nigá ihr schon sein Zuhause und alle seine Spielsachen gezeigt. Danach haben sie beschlossen, ein eigenes Spielhäuschen zu bauen, in das sie dann einziehen könnten. Nigá fand die Idee gar nicht so schlecht, weil Risten seiner Meinung nach ein nettes Mädchen ist und außerdem auch so ein freundliches Lächeln zeigt.

Die Kinder haben Omas altes Mückenzelt vom Speicher geholt und sich daraus in der Dachkammer eine Wohnung gebaut. Sie haben ihr Häuschen auch mit ein paar Möbeln eingerichtet. Ein Rentierfell dient als Teppich und eine Holzkiste als Tisch. Ein Hocker, auf dem man sonst immer das Heu für die Schuhe bearbeitet, passt jetzt gut als Stuhl.
»Und wo ist aber meine Sitzbank?« fragt Risten, als Nigá sich auf den einzigen Stuhl des Hauses setzt.
»Ich könnte dir einen Melkschemel holen«, schlägt der junge Hausherr vor.
»Den Misthocker will ich bestimmt nicht haben. Im Speicher steht doch eine kleine Holzkiste. Ich hole sie«, erwidert Risten.
»Du brauchst nicht zu gehen, ich mache das schon. Ich bin doch der Mann hier!«

Nigá läuft zum Speicher und kommt schon kurz darauf mit einer Holzkiste und einem Stück gedörrtem Schaffleisch unterm Arm zurück.
»Hier haben wir etwas zum Essen«, sagt er und legt das Dörrfleisch auf den Tisch.
»Uns fehlt nur noch ein Messer, aber das finden wir auch gleich.«

Nigá holt sein eigenes Samenmesser und schneidet das Fleisch in schmale Streifen wie ein echter Hausherr es zu tun pflegt. Sie stecken das Dörrfleisch in den Mund, beginnen zu kauen und essen sich dann am Schaffleisch satt.
»Dieses Fleisch stammt von meinem eigenen Schaf«, erklärt Nigá stolz. Risten hört umgehend auf zu kauen und spuckt das Fleischstück aus ihrem Mund aus.
»Pfui! Wir können doch nicht dein Schaf essen. Mochtest du dein Tier denn gar nicht, weil du es hast töten lassen?« fragt Risten entsetzt.
»Natürlich hatte ich mein Schaf gern!«, antwortet Nigá erstaunt und schaut Risten an.
»Trotzdem hast du dein eigenes Schaf schlachten lassen. Ich hätte das nicht getan. Du bist ein richtiger Feigling«, schimpft Risten und zwängt sich aus dem Zelt. Nigá bleibt mit schamrotem Gesicht unter dem Netzvorhang sitzen und ist dem Weinen nahe.

Später setzt sich Nigá auf die Bettkante neben Risten und erklärt ihr die Sache: »Ich, ich war damals gar nicht zu Hause. Ich war mit Áhkku, mit meiner Oma, im Weidegebiet von Stuorrasiedka, weil wir dort Heu für die Schuhe abschneiden mussten«, versucht er sich zu rechtfertigen und rückt ein Stück näher an das Mädchen heran.
»Hoffentlich hast du deine Eltern gefragt, wer dein Schaf getötet hat, und hast den Mörder deshalb tüchtig ausgeschimpft.«

»Na klar«, versichert Nigá. In Wirklichkeit erinnert er sich gut daran, wie er geweint hat, als er hörte, was mit seinem Schaf geschehen war.

Nigá versucht Risten auf andere Gedanken zu bringen und sagt plötzlich:
»Weißt du, dass ich eine echte Golduhr habe? Ich zeige sie dir.« Stolz holt er seinen Schatz hervor.
»Schau sie dir mal an!« Nigá gibt Risten die Uhr. Sie wendet die Uhr ein paar Mal in ihrer Hand, verschwindet dann im Zelt und legt die Uhr auf den Tisch.
»Eine wunderschöne Uhr«, meint Risten. Endlich sieht Nigá ein sanftes Lächeln auf dem Gesicht des Mädchens. Er nimmt all seinen Mut zusammen und geht ebenfalls ins Zelt.
»Magst du diese Uhr?«, fragt Nigá und schaut ihr in die Augen.
»Ja, das ist wirklich eine schöne Uhr«, bewundert Risten Nigás Schatz und nimmt die Uhr noch einmal in ihre Hand.
»Ich schenke sie dir!«, verspricht Nigá und wartet darauf, wie das Mädchen seinen Vorschlag aufnimmt.
»Das ist doch sicher gar nicht nicht deine Uhr, und du kannst sie mir nicht einfach so schenken«, entgegnet sie ihm.
»Natürlich kann ich das. Meine Mutter hat mir die Uhr gegeben, und ich darf damit machen, was ich will«, versichert Nigá und zeigt ihr deutlich, dass er es ernst meint.
»Naja, ich glaube aber nicht, dass du mit dieser Uhr machen kannst, was du willst«, bemerkt Risten, um Nigá zu ärgern, und lächelt spöttisch.
»Ich kann die Uhr sogar kaputt machen, wenn ich will«, behauptet Nigá aufgeregt und greift nach der Uhr. In dem Moment beginnt Risten laut zu lachen. Das erträgt Nigá nicht. Er steht auf und schlägt die Uhr so kräftig auf den Tisch, dass das Glas der Uhr zerbricht.
»Um Himmels willen! Bist du verrückt?«, schreit Risten. Sie ist sehr erschrocken und starrt Nigá mit großen Augen an.

»Du hast mir ja nicht glauben wollen, dass die Uhr mein Eigentum ist«, verteidigt sich Nigá und sammelt die auf dem Rentierfell liegenden Scherben auf.

***

Nigás Eltern sind aus Norwegen heimgekehrt, und Risten ist zurück nach Buolbmát gefahren. Nigá hat seine unglückselige Golduhr unter seinem Kissen versteckt. Als er mitbekommt, dass seine Mutter auf dem Dachboden aufräumt, wird er ganz nervös. Mit gespitzten Ohren hört er genau zu, was die Mutter tut und merkt, dass sie in seine kleine Kammer geht.
Jetzt lüftet sie meine Bettwäsche und schüttelt meine Kissen aus. Jetzt ist sie gerade dabei, denkt er voller Anspannung.
»Nigá! Hörst du mich?«
»Ja.«
»Was ist denn bloß mit der Uhr passiert?«
»Ich habe sie kaputt gemacht«, gibt Nigá zu. »Das ist doch meine Uhr. Du hast sie mir doch gegeben«, versucht er sich irgendwie zu verteidigen.
»Stimmt, da hast du recht. Ich habe dir die Uhr versprochen, aber du hättest sie doch nicht kaputt machen dürfen. Außerdem ist diese Golduhr ein Geschenk von deinem Vater. Er hat sie mir zur Verlobung geschenkt, bevor wir geheiratet haben.«
Nigá hat den Eindruck, als würde die Mutter gleich anfangen zu weinen. Er reißt sich zusammen, klettert nach oben und fällt ihr um den Hals.
»Verzeihe mir, Mutti. Wenn ich groß genug bin, werde ich dir eine neue Uhr kaufen«, tröstet Nigá seine Mutter und wischt sich mit dem Handrücken seine Tränen von den Wangen.

Eine Schale Dickmilch

Nachdem die Glöckchen der Pferde, die den Schlitten der Kirchgänger ziehen, nicht mehr zu hören sind, suchen Nigá und sein Freund Ánde passende Rentierfelle, um mit ihnen Schlitten zu fahren. So genießen die Jungen in der dunklen Winterzeit den Zauber des kurzen Tages. Als sie wieder zu Hause sind, verkleiden sie sich auf lustige Weise und lachen sich über sich selbst halb kaputt.

Nigá ist mit seinem besten Freund Ánde zu Hause geblieben, weil seine Eltern Elle und Jovnna zum Gottesdienst in einen fernen Ort gefahren sind und auch unterwegs übernachten werden. Die Jungen müssen sich im Kuhstall um das Vieh kümmern und die Kühe melken. Ein paar Milchkühe, eine Färse und zwei Kälber warten nun im Kuhstall auf sie. Bevor Nigás Eltern losgefahren sind, hat Elle am frühen Morgen noch ihre Stallarbeit erledigt. Sie hat Wasser in die Tränke geschüttet, Heu in den Vorraum des Kuhstalls geholt und Futter für den Abend vorgegart.

»Vergesst nicht, die Mistluke zu schließen, nachdem ihr den Kuhstall ausgemistet habt«, erinnert die Mutter noch die beiden Hauswächter Nigá und Ánde.

»Na klar!«, antworten die beiden Jungen und lächeln zufrieden.

Als die Glöckchen der Pferde, die den Schlitten der Kirchgänger ziehen, nicht mehr zu hören sind, suchen Nigá und Ánde passende Rentierfelle, um mit ihnen Schlitten zu fahren. So ein kurzer Wintertag geht allerdings im Nu zu Ende, und die Jungen müssen deshalb wieder heimkehren. Sie hängen ihre nasse Kleidung zum Trocknen auf und machen im Kamin Feuer. Sie zünden auch noch eine Öllampe an, und so ist die gemütliche Atmosphäre im Haus in der Einöde perfekt. Nigá traut sich, die Garderobe seiner Eltern zu durchstöbern, und findet passende Kleidungsstücke, um damit Spaß zu haben. Nigá, der Herr des Hauses, zieht die Kleidung seines Vaters an, und Ánde wiederum verkleidet sich als Elle. Dann kaspern sie mit ihrer Verkleidung vor dem Spiegel herum und lachen sich halb kaputt.

»Jetzt ist es schon ziemlich spät geworden«, bemerkt Nigá und zieht sich seine Stallklamotten über. Als sich auch Ánde in eine Viehmagd verwandelt hat, beeilen sich die beiden und laufen zum Kuhstall. Als sie die Stalltür öffnen, kommt den Jungen ein sehr lautes Muhkonzert entgegen. Es kommt ihnen so vor, als ob alle Tiere vor Hunger und Durst sterben würden. Zuerst holen sie schnell für die Kühe Heu zum Fressen. Langsam hört das Muhen auf, dagegen brüllen die Kälber immer noch aus vollem Halse und lutschen an den Rändern des Futterkastens. Den Schafen müssen die Jungen ebenfalls Heu geben, damit sie sich beruhigen. Die Katze Sigge ist auch aufgetaucht, in der Erwartung, dass die frisch gemolkene Milch auch ihr als Miezekatze gut schmecken wird.

»Welche der beiden Kühe ist ruhiger?«, fragt Ánde vorsichtig und bekommt etwas Angst, als er sich auf einen Melkschemel setzen muss.
»Vielggut ist geduldiger, denn Stierdná kann mit ihren Hufen ganz schön nach hinten treten. Besonders dann, wenn sie den Melker nicht kennt«, erzählt Nigá und setzt sich, um Stierdná zu melken. Nachdem die Jungen die beiden Kühe gemolken haben, beruhigen sie die brüllenden Kälber mit frischer Milch. Die Katze Sigge bekommt ebenfalls etwas davon ab.

***

Am Morgen erwachen die Jungen vom Klingeln des Weckers. Es fällt ihnen jedoch sehr schwer, sich aus der warmen

Pelzdecke zu schälen und sich in die eiskalte Stube zu begeben. Das Wetter hat sich in der Nacht verändert. Am Abend gab es ein dichtes Schneegestöber und in den ersten Morgenstunden herrschte eisige Kälte. Im Zimmer ist es nun so kalt, dass das Wasser im Eimer gefroren ist. Als Hausvorstand muss Nigá als Erster aufstehen und im Kamin Feuer machen. Die Jungen haben am Abend jedoch vergessen, Anzündholz für den Morgen zu trocknen. Deshalb dauert es jetzt recht lange, bis das Feuer im Kamin richtig brennt. Sie müssen viel Birkenrinde benutzen und jede Menge Streichhölzer anzünden. Nigá muss sich ebenfalls darum kümmern, das Eis im Wassereimer kaputtzuhacken, um etwas Wasser im Kessel zu erwärmen , damit sich die Jungs ihre Gesichter waschen können. Es dauert ziemlich lange, bis die Stube so warm ist, dass sie endlich den Schlaf aus den Augen waschen können. Anschließend beginnen sie, sich ihren häuslichen Arbeiten zu widmen.

***

Die Burschen schauen zum Fenster hinaus und stellen fest, dass der heftige Schneefall gegen Mitternacht den Pfad zum Kuhstall völlig zugeweht hat. Sie beschließen, zuerst die Strecke vom Haus bis zum Kuhstall festzutrampeln und die Treppe mit dem Besen zu fegen, damit sie später im Kuhstall arbeiten können.

Nigá nimmt schnell zwei Melkeimer in die Hand und geht an die Arbeit. Ánde zögert noch eine Weile, aber stapft dann doch hinter Nigá her. Ánde bringt den Kälbern einen Eimer voll gewärmter Milch. An der Wand des Kuhstalls lehnt eine Schaufel, die sie jetzt gut gebrauchen können, um die Tür aufzubekommen. An der Tür schallt den Stallknechten erneut das bekannte Muhkonzert entgegen.
Als erstes müssen die Jungen das Viehfutter aus einem gro-

ßen Kessel nehmen. Dafür gibt es eine Schöpfkelle aus Rentierhorn, die gewöhnlich auf dem Ofen liegt. Nachdem sie die Kübel mit Viehfutter gefüllt haben, müssen sie die Eimer zum Futterkasten schleppen. Die Färse bekommt nur einen halbvollen Kübel Futter, also müssen die Jungs beim Schleppen nicht ihre ganzen Kräfte verausgaben. Das Blöken der Schafe können sie mit einem Bündel Heu stillen und das Brüllen und Lecken der Kälber mit warmer Milch. Auch Katze Sigge ist zufrieden, weil sie etwas Milch aus dem Eimer der Kälber bekommt. Nigá und Ánde können nun in aller Ruhe melken und Pläne für den anstehenden Tag schmieden.
»Heute Abend kommen meine Eltern vom Gottesdienst zurück«, meint Nigá und steht vom Melkschemel auf.
»Für euer Pferd Lea ist es bestimmt sehr anstrengend, die Leute durch den hohen Schnee zu ziehen«, sagt Ánde und drückt die letzten Milchtropfen aus den Zitzen der Kuh.

Nachdem Nigá und Ánde die Stallarbeiten erledigt haben, gehen sie wieder ins Haus, stellen eine große, hölzerne Schale mit Dickmilch auf den Tisch und essen dazu von Elle gebackenes Brot, selbstgeschlagene Butter und gesalzenen Lachs. Vor der Mahlzeit messen die Burschen die leckere Sahne auf der Oberfläche der Dickmilch mit ihren Blicken. Nachdem sie eine Weile gezankt haben, ziehen sie mit einem Messer einen Strich durch die Mitte der Schale. Beide Jungen passen ganz genau auf die Trennungslinie der beiden Hälften auf, während sie sich mit der Dickmilch den Bauch vollschlagen.

Der Weihnachtsmann kommt

Nigá versucht vor dem Spott der anderen Kinder in sein Zimmer zu flüchten.
»Geh doch noch nicht weg«, hört er Sire sagen und fühlt, wie sie ihn an seinem Ärmel packt.
Jetzt will sie sich über mich lustig machen, schießt es ihm durch den Kopf. Er reißt sich los und versucht gleichzeitig, die Tür zu schließen.

Nigá ist sehr gespannt und ballt seine Hand zur einer Faust. Im Internat ist das Weihnachtsfest gleich zu Ende und alle warten darauf, dass der Weihnachtsmann endlich kommt. Nigá freut sich auf die bevorstehende Ferienzeit und überlegt, wie brav er in der Schule gewesen ist.
Na, nur einmal wurde er in die Ecke gestellt. Daran trägt eigentlich sein Schulfreund Máhtte Schuld, weil der ihn als erster angegriffen hatte, versucht Nigá sein Gewissen zu beruhigen.
Nun, wenn er sich ganz genau erinnert, hat er auch ein paarmal eine Strafarbeit bekommen. Er ist auch nicht immer bereit gewesen, Brennholz ins Klassenzimmer zu tragen, obwohl die Internatsbetreuerin ihn darum gebeten hat.
Ja, und einmal ist er zu spät zur Schule gekommen, oder genauer: ein paar Mal.

Er kann sich gut daran erinnern, wie eine Betreuerin von den Weihnachtswichteln erzählte, dass sie sich immer alles über die Kinder aufschreiben.
Es kann aber ja sein, dass die Wichtel doch keine Zeit gehabt haben, all die vielen Dinge zu notieren, überlegt Nigá und spürt, wie die Spannung im Klassenzimmer immer größer wird.

Máhtte scheint zu lächeln. Und warum sollte er auch nicht lächeln, denn er ist ja ein Kind reicher Eltern, hat Nigás Mutter ihm einmal unbedacht erzählt. Máhtte trägt immer bessere Kleidung als andere Kinder. Er hat bessere Skier, Skischuhe und natürlich auch echte Skibindungen, an denen man die Skischuhe gut befestigen kann.

Sire ist ein Mädchen, das ebenfalls zu den ›besseren Kreisen‹ gehört. Sie sieht hübsch aus und ihr Vater holt sie jeden Tag mit seinem Pferd, dessen Schellen klingen, von der Schule ab.
Für Sire gibt es bestimmt auch dieses Jahr viele Geschenke im Sack des Weihnachtsmannes, denkt Nigá.
In meinem Päckchen war letztes Jahr nur ein Bonbon und einige Plätzchen. Und natürlich hat Uvllá ...

Plötzlich knarrt die Tür und ein hässlicher, alter Mann mit Bart zwängt sich herein. Nigá ist sehr gespannt und es schneidet ihm wie der kalte Frostwind ins Herz, der mit dem Weihnachtsmann hereinschleicht.
»Wohnen denn brave Kinder hier?«, fragt der Weihnachtsmann, so wie er es jedes Jahr zu tun pflegt.
»Ja, ja!«, rufen alle Kinder außer Nigá, der ganz still bleibt. Die zahlreichen Verfehlungen kommen ihm in den Sinn, die dieses Jahr in der Schule gemacht wurden. Máhtte wurde ebenfalls in die Ecke gestellt, weil er über die Lehrerin geschimpft hatte. Auch hatte Sire nicht immer Brennholz geholt, obwohl die Lehrerin es angeordnet hatte. Sie ist...
»Jetzt singen wir für den Weihnachtsmann sein eigenes Lied«, sagt die Lehrerin an und steht auf. Die bekannte Melodie »joulupukki, joulupukki, valkoparta, vanha ukki« erklingt mehrstimmig auf Finnisch im Klassenzimmer. Nigá macht nur seinen Mund auf und zu und tut so, als ob er mitsingen würde. Die Lehrerin trällert wie immer mit geneigtem Kopf. Uvllá hat seinen Blick an die Decke gerichtet und singt

aus vollem Hals. Ivvár dagegen hat seine Hände gefaltet und schaut nach oben, als würde er zum lieben Gott um viele Weihnachtsgeschenke beten.

»Nigá, würdest du bitte mal zu mir kommen und mir beim Verteilen der Geschenke helfen, weil ich doch schon alt bin und nicht mehr so gut sehen kann«, bittet der Weihnachtsmann Nigá und schaut auf ihn.
Nigá schrickt auf, erhebt sich von seinem Stuhl und geht langsam zu ihm. Er weiß, dass sich irgendein Bekannter hinter der Maske versteckt, aber er kann ihn noch nicht erkennen. Der Sack des Weihnachtsmannes scheint voll mit Geschenken zu sein.
So viele Geschenke, bestimmt ist ebenfalls eins für mich, denkt Nigá bei sich.

»Nimm jetzt immer nur ein Paket auf einmal heraus und lies vor, wem es gehört«, fordert der Weihnachtsmann ihn auf und öffnet gleichzeitig seinen riesigen Geschenkesack.
»Ob der Knecht Uvllá den Weihnachtsmann spielt?,« überlegt Nigá und nimmt ein Päckchen aus dem Sack heraus. Es ist für Sire.
Natürlich, denkt Nigá.
Er holt nacheinander viele weitere Geschenke aus dem Sack und auf jedem Paket steht ein fremder Name, bloß nicht sein Name, nicht Nigá. Als der Sack fast leer ist und Nigá immer noch kein Geschenk bekommen hat, beginnt er sich Sorgen zu machen und schämt sich auch. Nigás flüchtiger Blick auf die Schulfreunde zeigt ihm deutlich, dass alle anderen Kinder bereits Geschenke auf dem Schoß haben, nur Nigá hat nichts. Sire hat einige Geschenke sogar auf den Fußboden legen müssen. Nigá schaut schnell in den Sack hinein und erkennt, dass da nur noch drei Weihnachtsgeschenke übrig sind.
Eins müsste eigentlich für mich sein, hofft er inständig.

»He, bist du etwa eingeschlafen, weil du aufhörst, Geschenke zu verteilen?«, fragt der Weihnachtsmann Nigá unfreundlich, und sofort füllt das Lachen der Kinder das ganze Zimmer aus. Nigá tastet im Sack nach einem Paket und starrt gleich auf den Namen.
»Der Name auf diesem Paket ist sehr undeutlich geschrieben, ich kann ihn nicht so gut lesen«, muss Nigá zugeben. Seine Augen stehen voller Tränen.
»Du armes Kind, kannst du nicht mehr lesen«, sagt der Weihnachtsmann mit erhobener Stimme und schnappt sich das Paket.
»Ich habe wohl doch bessere Augen als du«, fügt er hinzu. Nigá merkt, dass ihm nun die Tränen über die Wangen laufen, und er wischt sie sich schnell mit seinem Ärmel ab.

»Nimm jetzt noch das letzte Päckchen in deine Hand und sage, wem es gehört«, fordert der Weihnachtsmann ihn auf. Nigá gehorcht traurig aufs Wort. Das müsste doch nun mein Paket sein, denkt und hofft er mit pochendem Herzen.
Er enziffert das Wort ›Sirre‹.

»Was ist denn das für eine Sirre?«, tönt der Weihnachtsmann und schnappt sich das Paket.
»Komm, Sire, hier hast du dein Geschenk«, säuselt der Weihnachtsmann jetzt mit liebevoller Stimme.
»Ach so, der Weihnachtsmann ist Sires Vater«, stellt Nigá fest, wischt sich die letzten Tränen ab und schleppt sich zu seinem Platz. Er setzt sich hin und starrt ein Schild an, auf dem zu sehen ist: »Frohe Weihnachten«.
»Zum Schluss singen wir noch alle zusammen das Lied ›Vom Himmel hoch‹«, sagt die Lehrerin und der gemischte Kinderchor stimmt wie immer in ihren Gesang mit ein.

Nigá versucht so unauffällig wie möglich in seinem Zimmer zu verschwinden, als Sire ihn plötzlich an seinem Ärmel packt.

Das hat mir gerade noch gefehlt, denkt Nigá und reißt sich los.
»Nigá, geh doch noch nicht weg, ich habe etwas für dich«, sagt das Mädchen.
Jetzt will sie sich auch noch über mich lustig machen, denkt er und versucht die Tür zu schließen. Sire packt ihn aber noch einmal am Ärmel und lässt ihn nicht weggehen.
»Ich habe ein Päckchen für dich, aber ich konnte es nicht rechtzeitig in den Sack hineinstecken«, flüstert das Mädchen und legt das Geschenk in Nigás Hand. Er schließt schnell die Tür hinter sich und bleibt mit seinem Päckchen allein. Nigá packt mit zitternden Händen das Geschenk aus. Er hält ein Paar Wollsocken in den Händen, die Sire selbst gestrickt hat – für ihn, Nigá!